海西往事

黄蓉 黄炳文◎著

新华出版社

图书在版编目（CIP）数据

海西往事/黄蓉，黄炳文著
北京：新华出版社，2013.12
ISBN 978－7－5166－0781－7
Ⅰ.①海… Ⅱ.①黄…②黄… Ⅲ.①长篇小说—中国—当代 Ⅳ.①I247.5
中国版本图书馆 CIP 数据核字（2013）第 295499 号

海西往事

作　　者：黄　蓉　黄炳文

出 版 人：张百新　　　　　　　　　责任编辑：庆春雁
责任印制：廖成华

出版发行：新华出版社
地　　址：北京石景山区京原路 8 号　邮　　编：100040
网　　址：http：//www. xinhuapub. com　http：//press. xinhuanet. com
经　　销：新华书店
购书热线：010－63077122　　　　中国新闻书店购书热线：010－63072012
照　　排：新华出版社照排中心
印　　刷：北京凯达印务有限公司

成品尺寸：170mm×240mm
印　　张：14.75　　　　　　　字　　数：150 千字
版　　次：2013 年 12 月第一版　印　　次：2013 年 12 月第一次印刷
书　　号：ISBN 978－7－5166－0781－7
定　　价：32.00 元

图书如有印装问题，请与出版社联系调换：010－63077101

目　录

序……………………………………………………………（1）

第一章　沸腾的海西前线…………………………………（1）

第二章　惠安女从军………………………………………（10）

第三章　鹭岛新家…………………………………………（55）

第四章　炼狱新兵连………………………………………（83）

第五章　"特别待遇"………………………………………（128）

第六章　遭遇野训…………………………………………（149）

第七章　告别军旗…………………………………………（175）

第八章　海西啊，海西……………………………………（202）

后记　金戈铁马　纵横海疆………………………………（210）

自　序

　　我是黄蓉，我不会武功，海军军营，我的摇篮我的家。

　　打记事起，军号催我醒，军歌绕耳畔。大学即将毕业的时候，一生军人情结的父母一脚把我踹进了军营，青春的天线由此耸立，如茵的年华从此与深蓝共舞。

　　我的老家在美丽富饶的海西，门口有一片蔚蓝辽阔的大海。每当想起海西，念起海西，沉甸甸的记忆也泛出蓝色的波光。忘不了儿时那阵阵熟悉的海浪涛声，忘不了每年探亲时的动人情景，那嘈杂的渔港，那奇特的风俗，还有各式各样的闽南小吃，让我对海西这片土地渐渐熟悉，渐渐迷恋。

　　还有孩提时代祖辈们津津乐道的"沉东京浮福建"、"烧塔仔"、"兔儿爷"……一个个浩瀚如烟的海故事。日复一日，年复一年，与我海角天涯，不离不弃。

　　军营的日子紧张而枯燥，多亏了这些亦真亦假、传神有趣的老故事，陪伴我度过日日夜夜。咀嚼着，回味着，梦呓着，不知不觉，《海西往事》的轮廓跃然纸面。点点滴滴，与您分享；个中悲欢，寄存海天。

　　青春多烂漫，军旅真豪情。于会心一笑间，魂系一片家园；于酣畅淋漓间，放牧烈火青春。海蓝深蓝，是永不褪色的梦中梦；此岸彼岸，始终是没有归期的盼啊盼。

"热血儿女献身蓝色军营，铿锵玫瑰绽放祖国南疆！"这是我在新训基地时的一幅巨型标语。时至今日，有多少毕竟，变成了光影；有多少过程，收获着得失。青春的大海，印证了所有景色里的诗情画意。于是，我对自己说：我爱你深蓝，我爱你海西；于是，海防线上到处都烂漫着春花的气息。

一湾浅水，滔滔了多少思念；一纸家书，圆寂了多少等待；一曲南音，与青春有关，与军旅有关，与祖祖辈辈的日子有关。

《海西往事》，亦真亦幻的未央曲……

黄蓉

2013 年 11 月 18 日　于京西

第一章　沸腾的海西前线

1 炮声

1958 年 7 月下旬。

5 号强台风正面袭击海西。

连日来，榕城上空暴雨倾盆，许多桥梁撕筋裂骨，沿河公路遍体鳞伤。

清晨，一列美式吉普在风雨中疾速前行，通往市郊的路上瞬间掀起一道滚动的水帘。

乌龙河大桥桥头。

A 军副军长马显锋跳下车，一行人迅速随他走向路边一个高墩。

"先救人！注意搜寻树木、高坡、电线杆……"他的表情凝重。

"是！"随行参谋立刻转身。

一艘冲锋舟沿乌龙河逆流而上，直接冲到了高墩前。

"报告马副军长！"

一名军部参谋从冲锋舟上跳下，直奔马显锋。

马显锋手一摇："说！"

此时的马显锋，早已浑身湿透，雨水顺着脖颈直往下淌。

"报告马副军长，军长命令你立即返回军部！"

马显锋微微一怔，但军人的习惯让他毫不犹豫跳下高墩。

"小骆，这里交给你了！"马显锋边说边跳上冲锋舟，迅速穿上救生衣。

"是！"

冲锋舟一个弧形大转弯，卷起一道白浪，在湍急的河水中跳跃离去。

榕城军部作战室。

"报告军长！"

"马副军长，军委刚刚下达作战命令，马上赶往鹭市，开设前线指挥所，任命你为前线总指挥，作好炮击战役准备。"

"是！"同去的还有 A 军副参谋长。

当晚 19 时，两人风尘仆仆抵达鹭市，连夜展开工作。上级命令，确保一周内完成一切作战部署。

27 日，一封加急电报转到马显锋眼前：

"想了一下。停止若干天似较适宜。目前不打，看一看形势……等几天，考虑明白，再作攻击……不打无把握之仗的原则，必须坚持。过细考虑一下，以意见见告。"

马显锋一惊，深恐理解有误，铸成大错，容不得多想，一把抓起电话，直通总参作战部。

"到底打不打？"

"打，坚决打！时间待定！"

"方针不变吧？"

"不变。没有命令不许开火。"

"明白！"

放下电话，马显锋在桌旁踱了几个来回，一把抓起另外一部电话。

"通知各部团以上干部立即到指挥所开会。"

前线会议室。

"时间上确实赶了点，还是推迟比较好。"

"各部队近日昼夜抢险作业，不宜继续疲劳作战。"

"空军转场还在进行中……"

"海军调动还没有到位……"

一番商议之后，一致认为推迟炮击时间较为有利。

马显锋当即复电表示：根据前线情况，准备工作做得充分些再进行炮击，较有把握。

半个月后，地面炮兵集结和展开陆续完成。作战图上，所有炮击目标清晰可见，并一一进行了现场交叉测察。空海军也随后完成了各线战斗转场及地面部署任务，海陆空协同作战方案头一次用在这一湾浅浅的海峡上。

为了准确无误，万无一失，马显锋重申：

"没有命令不得开火。"

8月22日，总参作战部直接向鹭市前线指挥所下达最后命令：

"8月23日17时30分，开炮。"

坑道指挥所里，几十部电话机纵横交错，连接各炮兵群的直达线、迂回线、分线路随时保持畅通。

各就各位，一切准备就绪，只等一声令下。

2 喊魂

1983 年春，鲤城大竹岛。

远处雷声隐隐，积雨云携了闪电汹涌而至。

"哇——"一声凄厉的啼哭响彻堂前屋后。

"拿香来！快！"桂香奶奶的声音自里屋传来。

在岛上，只要有人家的小孩受了惊吓，就会请德高望重的桂香奶奶来"修吓（喊魂）"。

一岁的唐玥迷迷糊糊地躺在床上，桂香奶奶神情庄重地点起一炷香，毕恭毕敬朝天地拜三下，分别把香插在大门口左边、水缸边、灶上、床头和床尾。手里留三支，在唐玥床前大声喊道：

"阿玥哎……"

阿公唐隐哲跟在后头替唐玥答应：

"哎！"

"天黑了该归家了哦……"

"哦！"

桂香奶奶从房间往外走，重复喊着同样的话，每喊一声唐隐哲都得应着。

走到大门口，桂香奶奶把手里的香插在大门右边。再走进厨房水缸旁，拿起一个笊篱，朝水缸里一捞，喊道：

"阿玥哎……"

"哎！"

"不要贪嬉了，快快归家哦！"

"哦！"

然后蹲在灶口，划亮一根火柴伸进灶膛里，把头也探进去喊：

4

"阿玥哎……"

"哎！"

"天黑了看见火光就从火里来哦！"

"哦！"

桂香奶奶站起来的时候，脸上粘满了锅灰，加上已经 90 岁高龄，经过这般呼喊，头上汗珠如豆子般滚落下来，但她依然神情肃穆地呼喊着。

唐隐哲递过来一碗米，随后拿了一支大手电走在桂香奶奶前边照着石子路。桂香奶奶抓起一把米，边往外走边撒米粒，嘴里一直不停地喊着"阿玥"。

走到大竹岛西边的金海滩，桂香奶奶停下来，说阿玥就是在这里走失了魂。这个金海滩，是全岛人的瞭望台，时常可以很清晰地看见对岸民房中冒着的白色炊烟……

桂花奶奶顺着空荡荡的海滩转圈喊：

"阿玥哎……"

"哎！"

被惊醒的海鸟呱呱地叫了起来，一阵晚风吹来，唐隐哲只觉脖颈凉飕飕的。

"不要贪嬉了，归家了！"

"哦！"

桂香奶奶的声音传到海上，绵长的回音在黑夜里回响，整个大竹岛在喊声回旋中等待唐玥的魂魄归来。

桂香奶奶喊向海神、山神、土地爷，就这样来来去去，一呼一应好几遍。当她的嗓音终于嘶哑如破铜的时候，邻家阿弟跑来说唐玥好了。桂香奶奶匆匆结束修吓，和唐隐哲径直往回赶。

只见唐玥偎在阿妈怀中，直嚷嚷肚子饿。桂香奶奶走过去看了看唐玥的眼睛，长长舒一口气，说：

"阿玥乖！乖！"

又转过头对唐隐哲说，阿玥的魂魄已经回来了。

记事之后，唐玥断断续续从阿公口中知道了，自己的魂是从水里回来的，又得到了天后娘娘的保护，所以一路有惊无险。

她还知道了，原来阿妈也曾丢过魂。

被十五年前的那场炮声，吓的。

阿妈的魂，也是被桂香奶奶喊回来的。

大竹岛半山腰，有一个不起眼的石洞。洞口被修葺过，仅容一人进出。

桂香奶奶就住在那里，是岛上资格最老的居民。

桂香奶奶本不住在石洞里。

好多好多年前，桂香奶奶在海边救下奄奄一息的唐隐哲，就把仅有的一间小瓦房让了出来，自己跑石洞去住了。

"阿公，阿玥想阿妈了。"

"阿公，桂香奶奶说了，从前台湾和大陆相连，中间没隔一个台湾海峡的。"

"阿公，再给阿玥讲讲精卫填海的故事吧。"

"阿公，什么是侦察兵呢？"

"阿公，填海太慢了，阿玥也要当侦察兵，跨海找阿妈……"

"阿玥真想当侦察兵？"

"想！想！"唐玥点头如捣蒜。

"当侦察兵很辛苦的哟，阿玥怕不怕？"

"不怕！"

"好！明天开始集训！"

"呃？集训……"

3 集训

第二天。

还不到日出的时候，天刚有点蒙蒙亮，那是美妙苍茫的时刻。深邃微白的天空中，还散布着几颗星星，地上漆黑，天上全白，野草在微微颤动，四处都笼罩在神秘的薄明中。一只云雀，仿佛和星星会合一起了，在绝高的天际唱歌，寥廓的苍穹好像也在屏息静听这小生命为无边的宇宙唱出的颂歌。

唐玥的头顶、肩部各放了一粒既圆又滑的石子；在膝盖合并的夹缝处、手与大腿合并的缝隙又各夹了一片撕小的刺桐叶。唐隐哲声明，要是掉了一样，就要多站十分钟。

唐玥一动不动站着，不敢东张西望，也不敢乱摇乱晃。那圆圆的石头都是经过阿公精心挑选的，稍微动一下，就会滑落下来。她的双手牢牢贴着大腿，膝盖紧紧靠在一起，生怕小小的刺桐叶掉了。太阳越升越高，肚子越来越空。可此时她脑子里只有一个念头：坚持到底就是胜利！

陆上训练完毕，随即又转战海训。

"背直、挺胸并收腹，双脚并拢，双手往上伸直。"

"屈膝向上跳起跳离水面，双手同时下压拨水。"

"归位。"

"挺胸、收腹并夹臀，双脚找开、双手外张约与肩平行，手戴蛙掌。"

"肩膀、腰部的力量同时转动，双手向身体左方拨水出去。"

"好，换边重复同样动作。"

"身体呈屈膝弓箭步姿势，双手往前伸出。"

"双手与右脚同时向上提起。"

"右脚往右边踩开，并转动肩膀与腰部。双手同时向右拨水。"

"稍息。"

"风大不晕船，浪大不胆怯。"阿公常以这句话教导唐玥精益求精，更上一层楼。

体能训练完毕，又转入文化课培训。

"话说天下大势，合久必分，分久必合……"

唐隐哲俨然一副说书人模样，"三国演义"式的开场白，引来唐玥阵阵轻笑。

"话说，大约在七千万年前，台湾海峡还是华夏古陆边缘的海槽。到了距今四千万年时，受喜马拉雅造山运动的影响，这里便从海槽上升变成陆地，台湾岛与大陆相连。那时，海峡地区是一片平原。"

唐玥眼前一亮，这话似乎在哪儿听过。

"从这以后，海峡地区有时候升起，有时被水分开……直到今天，还是波涛光涌。"

"话说，如果台湾海峡再次变浅，直到停止流淌，两岸再次相连，当年的'沉东京浮福建'又会衍生出哪一个传说？"

沉东京浮福建，唐玥恍然——桂香奶奶说过的那个故事，从前台湾和大陆相连，中间没隔一个台湾海峡的。

阿公知道的东西可真不少啊。唐玥暗暗佩服着。

"春秋'岛夷'，先秦'瀛洲'，三国'夷洲'……明中'大湾'，直到如今的'台湾'，名称变化多端。"

"许多台湾路名都是以大陆地名命名的，像南京路、长春路、杭州南路等。还有诸如泉州、潮州、海丰、陆丰、泰山、三峡、长治……这些并不只是大陆的地名，同时也是台湾的地名。"

　　"台湾同胞80％以上是广东、福建人，他们的祖先来到台湾后，习惯将落脚的新住地冠以家乡的地名，以慰思乡之情。"

　　讲着讲着，唐隐哲还会用树枝直接在沙滩上比划着，图文并茂，一目了然。

　　偌大的金沙滩，从此成了爷孙俩得天独厚的集训场。

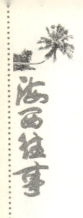

第二章　惠安女从军

1 面试

2000 年，初夏。

来鹭市之前，唐玥并不认识凤凰树。

入夏以来，仿佛一夜之间，凤凰树原本光秃秃的枝丫就覆盖上翠绿如凤羽的叶子，眨眼工夫就窜出团团火苗，那就是凤凰花了。簇簇火苗连成一片，整棵树随即沐浴在熊熊燃烧的火海中。

在鹭市，每年一次的凤凰花开往往要持续三个月左右。

来鹭市之前，唐玥就听过这样一曲歌谣："凤凰城里凤凰树，凤凰树上凤凰花，凤凰花开暖人间，惹得天使凡尘来……"

鹭市水警区，海军征兵面试厅。

再次来到这个大厅，马铮不禁感慨万千。

六年前，他也是在这里接受最后的审核，最终接到了鹭海基地的入伍通知书。

"马铮同志，欢迎加入人民海军。"

耳边还回荡着当年面试官铿锵的声线，如今的他也坐在了同样的位置上，对那些憧憬军营的热血青年进行最后的复审工作。

刚坐下，一摞新兵资料就递到了他的面前：

"马教官，这是初试合格人员的资料和体检报告，您先看一下。"

一个虎头虎脑的小战士利索地汇报着，边说边悄悄打量着马铮，眼底流露出的崇拜，一览无遗。

马铮——鹭市野外训练专家。1994年加入W舰队鹭海基地海军陆战队。1998年退伍创建了鹭市第一家野外生存救援营，亚奇救援营——专门从事野外救援及野外拓展训练等项目。

关于当年他为何毅然决然退伍，至今仍是一个谜。毕竟像他那样的身手，继续留守基地的话，如今起码也是个中尉了。

无论如何，今天能够亲见到传说中的英雄人物，小战士简直乐不可支了。

看了看腕表，小战士热情不减，倒来一杯水："马教官，复试八点开始，现在还有一个小时，您先喝口水吧。"

马铮接过水杯，微笑着点点头。

小战士脸一红。搔搔脑袋，鼓足勇气开了口，"马教官，秋季救援营啥时开班呀？"

丛林探险、峡谷行军、野外露营、溯溪探源、紧急避险、孤岛求生……丰富多彩的特训项目，让体验者意犹未尽，让未体验者心驰神往。

看着小战士一脸期待跃跃欲试的模样，马铮忍俊不禁："怎么，当初新兵连还没体验够啊？"

小战士不好意思地干咳两声："嘿嘿，帮弟弟问的，他还在念初三呢。"

"这样啊，"马铮略一思忖，当即拍板，"行，回头你把他的个人信息报上来，我先帮他存个档。"

小战士欣喜若狂："哎，好咧！谢谢马教官！"

随即恍然想起了什么："啊，马教官，您先忙，等会儿大校就过来了。"

11

马铮点点头:"好。"

大校与马绍辉是世交,同住一幢军区大院,马铮还是他看着长大的。

这次新兵复试,大校亲自点名要马铮一同参与。

哪怕马铮不在部队了,哪怕只是打打副手,有这样一颗头号种子守阵把关,大校很放心。

想当年,马铮可是叱咤基地响当当的一号风云人物。

15分钟后,大校笑眯眯地推门进来,和马铮交谈一会儿后,另一名少尉参谋也到了。

看人到齐了,大校转身示意:"开始吧。"

"是。"少尉参谋拿起话筒,宣布复试开始。

一路上,但凡看到唐玥的人,全都不约而同对她行注目礼。

这种状况一直持续到唐玥走进面试厅前廊。

前廊上,或站着排队等候的,或坐着养精蓄锐的,整条前廊百八十号人,蔚为壮观。

"呃,同学,你能不能……"后边有人戳了戳杵在前廊中央的唐玥,示意她让个道,却在唐玥回头的时候,吓了一跳。

"女的?"

"看来效果不错。"唐玥挑挑眉,摸摸两天前刚剪的短发,似笑非笑道。

整个前廊里的人,因为他们的对话哄堂大笑,紧张的气氛顿时缓和不少。

唐玥这才后知后觉地发现,从她进入水警区,走到目前为止,除了绿化带那个浇花的阿姨外,她就没看到一个跟她相同性别的人。

"吱呀——"

一张哭丧的脸出现在前廊上。

不用说，又一个出师未捷身先死的。

廊前一片骚动。

本来以为政审过了，体检过了，剩下这最后的面试不过走走过场而已，如今看来显然不是。

每个人的面试时间是 20 分钟，面谈问题完全随机，彼此之间不具丝毫参考性。

现场气氛重新紧张起来。

"唐玥!"

厅内一声铿锵。

"到!"

唐玥应声而入。

三个白色海军常服的军官在厅中央坐得笔挺。

看到开门进来的是个稚气未脱的小女生，三人彼此交换了一个意味深长的眼色。

"唐玥，鲤城惠安人，高级中学毕业，三好学生，优秀班干部……"左侧的少尉参谋看过唐玥的资料后，直奔主题：

"唐玥同学，为什么想当海军?"惠安女当兵，这在海西征兵史上，还是头一回。

"为了一个梦想。"

"外公当过兵?"

唐玥点点头："阿公曾是越海侦察兵，退役后就回到大竹岛上打渔了。"

说话间，唐玥眼前又浮现出阿公唐隐哲的模样：不大的脸膛，被海风吹得红通通的，蓄着风聚着浪，随时可以变幻作海洋。眼睛很亮，渔火似的，牙齿雪白而结实，像鲸骨。喜欢一边说话，一边大幅度挥动着手臂，喜欢驾着船，带着一帮兄弟到处去捕鱼，一边捕鱼一边就着鲜鱼汤喝烧酒，快活而自由。

"岛上?"

"是，鲤城东南的大竹岛，我从小生长在那里，大竹岛的金海滩，是全岛人的瞭望台，时常可以很清晰地看见对岸民房中冒着的白色炊烟。"

"这份卷子，你先填一下。"

十道时政题，一道简答题，并不难。

十分钟后，唐玥准时交卷。

看到简答题时，马铮略显怔忡。

"请用一句话，描述一下你心目中的海军。"

"渡江炮响石头分，白马乡头诞海军。三个桩桩基础奠，一机艇艇换装新。轻骑近海能歼敌，重舰远洋任执勤。斗鳖屠蛟春五十，乘风破浪立功勋。"

苍劲有力的毛体硬笔，完全不似出自一个女子之手，更不必说字里行间透出的一股睥睨苍穹的气概。

一直没有说话的大校这时突然开了口：

"台湾第一大城市是哪个?"

"台北市。"

"台湾四大海港是哪四个?"

"高雄、基隆、台中、花莲。"

"郑成功于哪一年收复台湾?"

"1662 年 2 月。"

好一个对答如流。

"请简要阐述一下台湾与大陆的联系。"大校冷不丁来了这么一句。

"从前台湾和大陆相连，中间没隔一个台湾海峡的。"

唐玥倏地就想起了桂香奶奶讲的故事。

"能再具体些吗?"马铮状似漫不经心地问道。

"报告教官，大约在七千万年前，台湾海峡还是华夏古陆边缘的海槽。到了距今四千万年时，受喜马拉雅造山运动的影响，这里便从海槽上升变成陆地，台湾岛与大陆相连。那时，海峡地区是一片平原。"

"哦，然后呢？"

大校忽然来了兴趣。

"从这以后，海峡地区有时候升起，有时被水分开。距今约一万五千年时，我国正处在大理冰期，冰川扩大，海平面下降，海峡又变成陆地，生长着茂盛的野草和森林，遍地是成群的牛、马和羊群，猛犸象也跑到这里寻食。史前动物来往两岸，在台中大坑发现了剑齿象化石，在桃园发现了古犀牛化石，这些生活在大陆的史前动物在台湾留下来，是两岸连在一起的地质证明。这种光景又过了约五千年。"

唐玥仿佛又回到了那一年和阿公一起在海滩集训的日子。

"距今一万年时，气候又变暖了，冰川融化，海平面再次上升，海峡又由'风吹草低见牛羊'的草原，变为鱼虾欢游的海洋。直到今天，还是波涛汹涌。目前，台湾地壳仍处缓慢上升时期，台湾岛陆地面积在逐渐扩大。在我国登陆的台风中，约有一半要袭击台湾海峡和两岸。"

"爸，什么是大陆架？"看着侃侃而谈的唐玥，马铮的思绪也被牵出去老远。

"大陆架是大陆向海洋的自然延伸，是陆地的一部分。又叫"陆棚"或"大陆浅滩"。它是指环绕大陆的浅海地带，潮水退去留下的依然是和原来的海滩同样平展展的沙滩。潮汐使海水每天进退，像是大海每天必需拜访大陆一样。在这大陆和海洋'握手'的地方，就是大陆的边缘，这就是大陆架。"

马绍辉生动形象又不失专业的讲解，令马铮豁然开朗。

"爸，我国海洋国土面积乍算的？"

"18000 公里海岸线乘以 200 扣除临海国和几大海湾海湾大陆架叠加的 60 万平方公里。"

"爸，这个 200，哪里来的？"

"《联合国海洋法公约》中规定，沿海国的大陆架包括陆地领土的全部自然延伸，其范围扩展到大陆边缘的海底区域，如果从测算领海宽度的基线起，到大陆边缘外界不到 200 海里，陆架宽度可扩展到 200 海里；如果到大陆边缘超过 200 海里，则最多可扩展到 350 海里。"

"由于中国的临海国距离很近，所谓的叠加部分不少，因此对于这 200 公里大陆架延伸肯定存在歧义，也就是说中国海岸许多大陆架延伸不止 200 公里，那么就是说，中国海洋国土面积远远要超出 300 万平方公里。"

"唐玥同学，你对地理很感兴趣？"一声问话，把马铮再次拉回了眼前。

"不全是。主要是因为阿妈在那头，所以特别关注这一块。"

"那头？哪头？"大校一时没反应过来。

"台湾，台北。"

马铮眉峰一耸，目有讶意。

原来如此。

"立正！向右转！齐步走！"

依然是大校，总是出其不意，整蛊专家。

几乎是条件反射的，唐玥跟着口令，一连串行云流水的标准动作，眼见就要撞到墙面了，大校声音才姗姗响起：

"立定，向后——转！"

利落的 360 度转身，唐玥重新面向三位教官，站得笔直。

两分钟后——

"唐玥同学，入伍通知书会在三天后寄出。请你携带通知书于 8

月 27 日到 W 舰队鹭海基地报道。"大校的语气难得的和缓。

"欢迎加入人民海军！"

说完，三位教官对着唐玥，齐刷刷行了一个标准的军礼。

唐玥即将推门出去时，马铮不由多看了两眼。

清秀的眉眼间自有一股英气挥之不去，一举一动大方爽利，举手投足间竟像极了一个人。

"是棵好苗啊。"一旁的大校喃喃道，"今年的新训看来会很有意思呢。"

马铮有片刻失神，心口微微刺痛。

2 海岛时光

鲤城东南，五厝村距离五厝码头五海里之地。

清晨的大竹岛，薄雾缭绕，空气咸湿。

离开渔的日子又近了一天。

宽阔的金沙滩上满是晶莹细小的沙子，一脚踩上去，就像踩上了绵软舒适的地毯。

唐玥忍不住脱了鞋子，赤脚，踩着松软的细沙往深处走。

几只小蟹子从礁石爬来，调皮地蹭上唐玥的脚背，她这才发觉，涨潮了。

一个浪打来，清冽冽的冰爽。水退了，带走的沙子从脚面滑过，痒痒的。一些沙子沉淀下来，在阳光的折射下，脚背也变得金灿灿了。

"阿玥，早哎！"

听见招呼声，唐玥抬头一看，原来是赵伯，正在沙滩上修补渔网。

17

赵伯可是岛上出了名的一把手，出海打鱼的经验都有五十多年了。

　　与赵伯为邻的十多位老人，年龄都在 80 岁以上。最大的吴伯 98 岁，身子依旧硬朗。他们的船在浅滩上形成了漂浮在水上的村子。热闹时，这里聚集着 100 多只船，后来，大部分渔民在政府的劝说和安排下上了岸。这些老人依然滞留在船上，美其名曰"水上养老院"。

　　早在开渔半月前，赵伯一家就开始了下海前的准备，修补渔网，油漆船身。新漆的渔船颜色很喜庆，也很醒目。

　　"赵伯，早啊！修渔网呢，是不是也要准备出海啦？"

　　"可不是嘛！都憋老久了，好容易盼来了开渔，赶紧鼓捣鼓捣。"赵伯说着像想起了什么，"阿玥出息啦，要当兵喽！咱大竹岛终于出了个女海军喽！"

　　唐玥笑笑，又跟赵伯寒暄了一阵，这才紧了紧手中的饭篮，继续深一脚浅一脚往前边走去。

　　年逾古稀的唐隐哲凭海远眺，黝黑的脸上，一双眼睛清朗、深沉，蓄着风聚着浪。

　　接连三天，唐隐哲都在海边结渔网，吃在船上，住在船上，只临近中午才匆匆小睡一会儿。下午又忙着张罗请小工打鱼的事。这样的忙碌，他早已习惯，并且乐在其中："要是开渔时能拉上几网大鱼，一整年都不愁吃穿了。"

　　接连三天，唐玥都准点给唐隐哲送饭。

　　离新兵报到还有一段时日，她想再好好陪陪阿公。

　　唐玥三岁就开始随唐隐哲出海打鱼，童年的大部分快乐时光都在阿公的船上度过。

　　那时还少有机械船，只能靠人工划船，扬帆出海，在船上解决一日三餐，在船上煮刚刚打捞起来的鱼虾新鲜，童年的日子太快乐了，根本不觉得辛苦，累一点也是理所当然。

那时，唐隐哲的船还只是一艘小木船，小唐玥就跟着阿公从西边划到东边，每天迎着日出撒网，追着落日收网。小木船是唐隐哲自己用株木造的，好些年了，船桨都磨得光滑锃亮了，依然很结实。

"要想捞到鱼或多捞鱼，必有两个前提条件，一是力气足，能吃苦，别人撒不到的地方你能撒到。二是技术过硬，别人不敢撒的地方你敢撒。桥墩下边，歪树下边，水草丰茂处，往往是鱼的栖身地或集散区。这些地方虽然有鱼，但打到鱼并不容易。水草太茂盛，网下不到底，撒网之后，还要下水摸鱼。在桥下、树下打鱼挂网的时候很多，一旦挂住网或打到大鱼，不管天气多么寒冷，也不管水有多么深，都必须脱衣下水。"

那时，唐隐哲总这样教导唐玥。

虽然是个老气管炎，被水一冻准会犯病，但他从不顾及，按他的话说就是"鱼头上有火"。

那时，阿妈还没远嫁。

一样的花头巾、黄斗笠、阔裤短衫，时常一手挽着饭篮，一手牵着唐玥，给唐隐哲送饭。

关于阿公唐隐哲的故事，唐玥也是从阿妈口中陆续知晓的。

阿妈说，那些年，一天难吃上一顿饱饭，一年难见上一次荤腥，要想抽出时间结一张渔网实在难。为结一张渔网，阿公不知熬过了多少个不眠之夜，熬干了多少盏油灯，牺牲了多少回劳作间短暂的休息。为省下买线的钱，不知多少次望烟兴叹，不知多少次以豆叶代烟卷，聊补难耐的香烟诱惑。为置办一套网坠，不知多少次求街坊告邻里，最终还是没有借到钱，只好把人家的旧网拿走，将废物再次利用。

有渔网的那天起，唐隐哲便与鱼结下了不解之缘。他整天打探着鱼汛，整天渴盼着鱼汛。一旦得知哪条沟里有鱼，或哪条河里过鱼，

他总是拼命前往。不论是盛夏酷暑，也不管寒冬腊月，整夜未归的日子数不胜数，劳作一夜空手而归的时候也不少，但他从不气馁，总是满脸笑容，满心欢喜。

缺油少盐的年代，要打到鱼并不容易。如果从海里捞上几条小鱼，阿妈就直接把生鱼用盐一腌，再拌点面，放在锅里蒸，现在想想那味道真叫鲜美。有时打的鱼不多，就干脆用荷叶包住在火里烧，味道非常别致。

每年开春，总是金沙滩最热闹的时候，比开渔节还热闹。

自打记事开始，阿妈就跟随唐隐哲在海上漂。用她的话说："大竹岛的各个湾湾旮旯，我都了如指掌。"确实，阿妈生命里最初的年月，都是在那艘被她称作"家"的小木船上度过的。

"那时家里很穷，盖不起更大的房子，渔船加上一个帐篷，就成了我的家。哪里有鱼，你阿公就把'家'划到哪里。"阿妈的回忆中，四处漂流的日子尽管很辛苦，但也很有趣，"最开心的时候，是你阿公打到大鱼，拿到镇上卖，不用几分钟就被买走了。然后我们就有钱买米买肉，我也有新衣服穿了。"

每当讲起这些事，阿妈的双眼就晶亮晶亮的。

每当想起这些事，唐玥总觉得饿得慌。

想着想着，唐隐哲的船就赫然在目了。

渔网终于大功告成，这真如一个艺术家的大作问世一样让唐隐哲激动不已。

"阿公，吃饭了！"唐玥远远唤着。

"阿玥，参军之前，再跟阿公出趟海，怎么样？"

"好咧！"

开渔首日。

天后宫的神龛前，整齐地摆放着一只装满五谷的大海螺壳，三盏莲花蜡灯，一些煮熟的猪肉青菜，以及自家酿的米酒。

一个年逾八旬、脸膛黝黑的老者，缓缓点燃手中的三根朝天香，两只大手长满了老茧，又厚又硬，这是常年拖拽渔网留下的印记。

"跪——叩首——再叩首——又叩首——平身谒。"浑厚的嗓音，清朗如洪钟。

众人虔诚地依序上香、祈福、念祝文……22道程序之后，礼毕。

一阵鞭炮和几声炮响过后，祭海仪式结束了。

晨雾差不多已散尽，风平浪静，正是出海行船的好天气。

"一二，哟嘿——"

"一二，哟嘿——"

准备出海的男人们，喊着号子，互相帮衬着，把各家舢板船一点一点推入海中。船上早已响起轰鸣的发动机声，男人们手脚利索地穿梭忙碌着，一会扬声吼两句渔家小调，一会扯着嗓子与旁边的船家打招呼。

岸上的女人们，花头巾、黄斗笠、阔裤短衫，正井然有序地往船上递着东西，一堆蔬菜，一袋米或几瓶油。一圈圈银链在腰间川流不息，灿烂的笑脸，让人一眼一个暖。

当年的小木船早已更新换代了。唐隐哲的船在这一带算大的，船上备有两支木桨，一台柴油发动机。顺水而行的时候，这条船的动力主要靠水流的推动和人工划桨，逆流而上的时候，就靠柴油发动机带动了。

船长唐隐哲，加上大副、轮机长、两名水手和唐玥，总共六人。

发动船后，岸边另两条船也跟着起了锚。

每条新下河的渔船船头，都插着一根旗杆，崭新的红旗迎风飘扬。这面红旗，既有讨个好彩头之意，又能给岸上的人们提供一个醒目的标识，告诉人们，船行进在什么位置。

6时左右，渔网顺利下海，拖网以三海里时速，一路"吞"下虾

兵蟹将。

7时20分，收网时间到了，唐玥满心期待着。

第一网撒下去，大约过了40多分钟，唐隐哲一声令下："起网！"大副随之行动起来。

毕竟是打了多年鱼的老把式，在哪里下网，什么时候下网，啥时候收网全听唐隐哲指挥。

船上大副在一下一下地收网，两名水手划桨后退着，唐玥站在拉着网的另一端默默地配合。大伙儿没有太多的言语，配合却高度默契。

第一网收起，吊上甲板的网里的小螃蟹和小鱼屈指可数。

"渔网没有放到位，缆绳不够长，渔网没法贴着海底拖行，全悬在了海底上方，鱼都从网下方逃走了。"唐隐哲分析道。

即使如此，大伙儿仍然看到了希望，都说下一网就会有大鱼了。

"换。"唐隐哲当机立断。

第二网撒下去，唐隐哲一行继续驾驶着渔船顺流而下。这次唐隐哲下令收网的时间较短，大副认真地收着网。

二次起网，虽然有些收获，但数量不多，网里只有一两百斤鱼虾。

拖网还破了，从中部断成两截。奋拉着的网，底部一截被吊起来，可能是被海底的沉船或礁石刮的。

"不会网网都有收获，也不会一直打不到鱼。"船长唐隐哲总这么开导着大家。

换上新网后，渔船朝大竹岛以东海域驶去，换个地方换换运气。

上午8时。

第三网缓缓下海。

9时，起网。

渔网渐渐露出水面。

"网没破。"大家兴奋起来。

渔网从尾部被吊起来，兜在网底部的鱼儿把网撑得像个成熟的超级大葫芦。大副冲下驾驶舱，查看着堆在前甲板上的鱼说道：

"这一网至少有一吨，可以卖个好价钱了。"

说话间，第四网再次下海。

大伙儿开始在甲板上把打捞上来的鱼挑拣、分类、清洗、加冰装舱。一网捕捞上来的鱼种类有数十种，不同的鱼价钱不同。偶尔还能打捞上来几只大九节虾，一公斤可以卖不少。拣鱼时，大伙儿最喜欢看到海马，打到海马意味着一家老小大半月的生计都高枕无忧了。

每次捕捞上船的鱼都要在下一次起网之前清理完毕，手脚越快，休息时间越多。

摘着摘着，只见唐隐哲又将渔网上一条还在活动的小白条鱼摘下来，顺手放回了水里。看着唐玥疑惑的眼神，他说："这鱼还没长成，放回去，等它长大了再捕。"

花了近两个小时，总算把鱼群清理完毕。负责做饭的轮机长端出早已经准备好的饭菜，大家迅速填饱肚子，马上又要起第五网了。

傍晚回到岸上时，鱼贩的船早在一边候着了。

将各类鱼虾分别过秤后，鱼贩给了唐隐哲5000元钱。"今天运气还算不错。"大伙儿对当天的收获很满意。

"不挑担子不知重，不走长路不知远。男人无志，钝铁无钢；女人无志，乱草无秧。军人不分男女，到了部队要好好干！部队是熔炉，出来的是好钢，淘汰的是渣子，要做块好钢，别做那废刀。"

打鱼回来的路上，唐隐哲牵着唐玥的手，语重心长地嘱咐着。

"阿公，我记住了。"

"阿公……"

"嗯？"

"还记得桂香奶奶说的那个故事吗？"

"沉东京浮福建？"

"嗯……阿公，阿妈她……过得可好？"

唐隐哲不着痕迹地叹了一口气："阿玥，当年为嘛不和你阿妈一起过去呢？"

唐玥一如既往摇摇头："阿玥不想丢下阿公一个人嘛。"

"阿发哎，夹崩（闽南语，吃饭。下同）咧——"

"阿珍哎，夹麦（闽南语，吃粥。下同）咧——"

炊烟袅袅，远远近近的催唤声四起。

夕阳像是被拽着一样，很快沉入大海，海面上染成一片金色。抬头望去，天空已变成了淡蓝色。

潮水刚退不久，天边最后一抹晚霞也渐渐淡了去。

暮色四合，月光如银。

夜幕下的大竹岛，月光如水，水如天。

远远看着一位头扎花头巾，上穿蓝色长袖挖襟衫，下穿黑色大折裤，脚蹬五色绣花鞋，挂着龙头杖的老妇人颤颤巍巍地从半山腰走来，山下眼尖的孩子兴奋地跑了东村跑西村——

"桂香奶奶来喽，桂香奶奶来喽——"

五岁的唐玥正在院子里帮阿妈摘菜，听到声音，扔下菜叶就往外跑。

小岛空地，刺桐树下。

空地不大，也能挨挨蹭蹭容下百十号人。抬眼围拢着空地的那棵刺桐树，枝叶葳蕤依旧，的确有些年头了。

唐玥到得最早，拣了一处上好的位置，席地坐下。

许多老人陆陆续续领着孙子或孙女，扛长凳，搬椅子，急急赶来了。

24

好些中年夫妇快快收拾完碗筷，赶猪上圈鸡进笼后，也匆匆往这边赶。

占不到好地盘的，只好靠边靠后，晚来一些时候连边边角都占不上的，就只能委屈两条腿远远站着听了。

大一些的孩子风风火火赶到时，连站的地儿都没有了，灵机一动，索性蹭蹭蹭爬到刺桐树上。

桂香奶奶见人来得差不多了，用力咳了三声，挥了挥手中的龙头杖，以示故事要开始了。

全场骤然鸦雀无声，只有不绝于耳的海潮声，一浪高过一浪。

一口纯正地道的闽南腔，自舌尖上泼撒开去——

从前，台湾和大陆相连，中间没隔一个台湾海峡。这搭有一个所在叫做东京，很热闹，人很多，也很富，但是富的人很桍鬼，认钱没认人。有一个臭头和尚，一身生疥烂呀汁流汁滴，去东岭共人赏，没一个要一碗给伊吃，一文给伊用，还鼻孔㧓咧赶伊：

"去乎，去乎，一身臭嫌嫌，去别处赏，去别处赏！"

臭头和尚一世界赏没，行到山边，遇着一个少年家，咧挨豆干豆腐。

物质生活十分匮乏的小岛，这般行云流水的故事会比过春节还开心。连本来有些闹腾的小娃娃也不知不觉安静了下来，虽然听不大懂，却也入神。

那少年家说："老师傅，我今日还没卖半文，没现钱倘给你，你若腹肚枵，豆干豆腐豆花，做你吃。"

臭头和尚听见伊这样说，将豆干提起来大嘴细嘴就吃。豆干吃了吃豆腐，豆腐吃了饮豆花，亲像三暝三日没吃，如虎似象，将少年家的豆干豆腐吃了了，一鼎豆花也饮了了，连应嗝一下都没，肚腹掌掌咧，呵一个大耳，目啁絮絮说："爱困仔。"

少年家就将和尚扶去伊床咧。臭头和尚一贴着床铺，倒落去现鼾，衫裤没脱，破草鞋也原穿咧。少年家共伊牵被来盖，重新浸豆，准备再挨。

臭头和尚醒来，看见少年家咧挨豆，共伊肩头搭搭咧说："少年家，大度量。贫僧没啥倘报答你，送你一句话，你得谨记。"

少年家说："什么话？"

"石狮吐血，地牛翻身，沉东京浮福建。"

少年家正要问伊这句话是什么意思，臭头和尚已经没看见人影咯。

桂香奶奶很会掌握火候，在故事进入悬念时，骤然打住了，喝一口茶水润润，直把人急得不耐了，才慢条斯理接着开讲。有风吹得刺桐叶扑哧哧来回晃荡，火红的刺桐花簌簌而落，难免叫人晃了心神。思绪稍一趔趄，险些跟不上那暗溜溜绵里针一般欵乃的声线。

少年家担豆干豆腐去街上卖，就去看衙门口的石狮有吐血没。少年家逐日去看石狮，一个卖肉的问伊看什么？少年家共伊实实说，卖肉的笑少年家咧神。隔日天光早，卖肉的将猪料糊咧石狮嘴内。少年家担豆腐来卖，看见石狮嘴里有血，将担扔掉，边走边喊："石狮吐血咯，地牛要翻身咯，走啊！"地震原本叫地动，是涂脚底的一只大地牛咧翻身。少年家叫说要地动，没人要相信，逐个都笑伊。

桂香奶奶一声声，一句句，字字咬紧了大伙儿的心，仿佛骨骼里的筋络正儿八经着，一着不慎稍牵动，便是心惊肉跳。围簇的人群里，几个上了岁数的老人，紧攥的手心里早已一把汗。

少年家一直走到一座山头，一时乌天暗地，雷响霹雳，雨一粒两粒大，雷公驱驱响，洪水暴发，满城的人走不离。

少年家爬起去山顶，想起了臭头和尚说的话，果然很应验，石狮吐血，地牛翻身，东京沉落去变做海峡，孤单剩海域一条东京大路。

淹不着的所在很福气，福人居福地，建家立业，叫做福建真没错。

众人长舒一口气，心儿陡得松懈无比。

桂香奶奶走后，大人们陆续散去，孩子们依然意犹未尽。

"阿嬷说，每年正月初三或六月十八，会有两次最大的潮汐，叫什么'大流水'。"

"嘿呀嘿呀，我阿妈也说过。还说就在咱们岛后山尾的大屿外头，等海水退到最低潮，可以看到水底有一块很规则的长方形石碑，老大老大的，上面就刻了'东京大路'四个大字。"

"我阿公还真见过。那石碑旁边还有一条像是由条石铺起的大路，从水底朝东向外海延伸，直通东京。"

"别说水底了，就在五厝码头附近，现在还有一块石碑，两米多高吧，碑上就刻着'往东京大路'5个字。大竹岛往西，现在也还有'东京大路'4个字刻在石坡上，那石可以一直通向海里去。"

"哈哈，我阿爸去年出海捕鱼时，还真捞起一些破砖碎瓦，还有很多怪模怪样的壶钵。"

"我阿叔说了，他有好几回，都在船舱里头很清楚地听到鸡叫狗叫，还有人在说话，就是从远处海底传来的。"

"哎，听说那碑还不只这几处，啥时咱们成立一个大竹岛探险队，再去挖几块东岭碑来？"

"好啊好啊！"一个个蠢蠢欲动的兴奋样。

"阿发哎，夹崩咧——"

"阿珍哎，夹麦咧——"

炊烟袅袅，远远近近的催唤声四起。

"哎呀，阿妈叫了，我先撤啦！"

"糟了糟了，忘喂鸡了，又要挨骂了。"

"哎呀，我的阿花呢？阿花，阿花——"

唐玥一家就在村东头，坐北朝南，开了门，扑进山风山雨，正迎着数十棵古树，棵棵古朴苍劲，根深枝繁叶茂，使占去的三四亩地显出极好的风水。离古树不远的一块大石，方方正正，四周平滑如抹，日正午，石上置张凉席，躺在上面，枕着啦啦蝉鸣，悠然入梦。大树边缘，有条黄土小路，七拐八弯，可直通岛上那片金色沙滩。

　　回到家时，门上的灯盏如豆，屋角的星光瓷实。阿妈迎风飘展的花头巾，垂落在淡紫的斜襟短衫上，煞是好看。

　　"阿玥，阿玥，起来吃早点了哎——"

　　阿公在门外催唤着。

　　唐玥猛一激灵，欣欣然睁开了眼。

　　轻轻叹了一口气，原来又是一场梦。

3 报到

　　W 舰队鹭海基地。

　　抵达基地时，晨光正好。

　　唐玥站在基地大门前，静静看着门前岗亭上执枪而立、目不斜视的水兵，一袭蓝白相间的海魂衫包裹着他挺如白杨的身姿，整座基地透着一种难以言传的庄严肃穆。

　　基地管理森严，出入皆要通行证。唐玥出示了入伍通知书，这才被放行。

　　一排湛蓝色的营房默立在军港边，面朝大海凝望着银灰色的军舰，从楼顶悬挂而下的暗色水渍无声地诉说着楼房的历史和海边的气候。

　　"星云舰"静静停靠在海军 7 号码头，舰体簇新的银灰色油漆在阳光下熠熠闪耀，把舰身上一串阿拉伯数字舷号映衬得更加醒目。

信号台上，一面黄白相间的信号旗，正冉冉升起，这是军港统一升旗的注意信号。

"星云舰"指挥台上，信号员手握红色军旗，口含金属哨子，密切注视着山坡上的信号台。信号旗降下的瞬间，信号员同时吹响哨子、拉动旗绳，军旗迅速升上桅杆，在灿烂的阳光中迎风飘扬。

前甲板正提着清洁桶的帆缆兵自觉止步，面向指挥台立正，向军旗敬礼。

中甲板正在检测火炮的副班长麻利地跳下炮位，面向指挥台立正，向军旗敬礼。

后甲板正在检测便携式灭火器的舱段轮机长迅速放下灭火器，面向指挥台立正，向军旗敬礼。

码头前正往舰上搬运蔬菜的炊事员赶紧在衣襟上擦了擦手，面向指挥台立正，向军旗敬礼。

良久，唐玥才收回了视线。

第一眼，她就喜欢上了这里。

"唐玥?"

唐玥回头，阳光穿过高大的凤凰树照在来人身上，金辉耀目，一时竟看不清来人的模样，只是目测身高约有 1.8 米左右，整个人仿佛和这八月的阳光融为一体，不可分离。

直到来人走近，唐玥才看清楚，原来是马铮马教官，她的面试官之一。

这也是唐玥第二次见到马铮，便装的马铮。

只是简单的 T 恤衫牛仔裤，依旧被他穿出不一样的味道来。即使肤色有点黝黑，却长得不赖，二十五上下的年纪，浓眉大眼，不苟言笑，天生一股独属军人的硬朗气质。一抿嘴，脸颊左侧若隐若现一

个酒窝，瞬间冲淡了他脸上的冰冷，添来一丝春暖花开的温煦。

"教官好！"唐玥很有礼貌地回应着。

没有七大姑八大姨，也没有哪个军区的吉普车勤务兵护送，脚下是简单得不能再简单的行李，如此干净利落的新兵，马铮还是头一回见着。

"新训营在那边，我带你过去吧。"

说着伸手就要来拿唐玥的行李，唐玥利落一闪，扬起一个笑脸，挥挥手道：

"不麻烦了，我自己过去就行了，谢谢教官。"

说着一溜烟跑了。

马铮一愣，这么躲着他的新兵，还是第一次遇到，不免有些悻悻然。抬头扫了一眼，早就没了那丫头的影子，动作倒真快。

那朵如花笑靥，就此深深印入了他的脑海里。

无奈地笑了笑，马铮继续往司令部走去。

一想起那个极品老爸，马铮的头又隐隐作痛。

马绍辉有事没事都会旁敲侧击、见缝插针地对马铮面授机宜：

"想当初啊，一年只探家一个月，我和你妈啊，仍有不少日子是在吵架中度过的。"

"这夫妻吵架也是一门学问，像打仗一样要讲究个战法。做丈夫的要想保持家庭完整和男人的尊严，不能采取一味退让的方法，而应有灵活机动的'战略战术'。"

首先在'战略'上要藐视，而在'战术'上则要重视。对方'火力'猛时要避其锋芒，'敌'进我退；待其'战斗力'消耗差不多了，再伺机'出击'，'敌'退我进。总之，要掌握基本原则：吵得赢就吵，吵不赢就停。要绝对避免'战'前不侦察了解"敌情"，借着嗓门一通乱喊。这样往往容易造成'两败俱伤'或'全军覆没'。

通常情况，我都充当挨骂的角色，此时无声"胜"有声嘛！骂急

了我也不甘示弱，非要讨个说法。遇事不顺心，你妈总是首先发难，每当这时是绝对不能再吭声的。钱是没有的，活是要干的，该吵架还得吵，婚是绝对不离的。每次回家总是要把有限的时间用到无限的为你们娘俩服务之中。

当我趴在房顶上找那漏雨的地方，或者用一辆从邻居借来的旧板车拉着几百公斤蜂窝煤从街上沉重地走过，常有认识的人笑我：'上将也干这活？'家里实在找不出活了，就到你姥姥家找点事做……"

一有机会，马绍辉必要叨念一回。

新兵面试结束才半月不到，马绍辉又火急火燎地把他从救援营召回。

不会又是逼婚的事吧？马铮揉揉太阳穴，只觉得右眼皮跳得更厉害了。

不由就想起上次带回家去的那个，裤子上七八个洞，耳朵上扎了一溜眼，眼圈黑得活像大熊猫，总之马绍辉怎么不喜欢怎么整，结果差点没让马绍辉一枪给毙了。之后好长一阵子，马绍辉没再提这档子事。

马铮寻思着，为了耳根子的幸福，要不要再如法炮制一回。

思维一旦发散开，就再难收回，马铮回忆起意气风发的少年时代，因为更早熟而比常人更早地陷入迷茫，因为"军二代"的自愎而被孤立，因为自信而自卑，也曾经历过试图分析身边每一个人都在想什么，思考他们为什么喜欢或者不喜欢自己的时期，直到慢慢成熟。

最后，因为身体上思想上的一些变化，因为娅淇的离去，而重新确立自己。

边想边走，不知不觉间，"司令部"的门牌已赫然在目。

算一算，这是第二回踏进马老爹的地界了吧？

早年被满是军人情结的马绍辉一脚踹进基地，父子俩为此冷战了

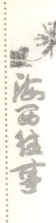

大半年。为了避嫌，马铮极少踏进司令部，整个基地几乎没有人觉察出他是司令员的儿子。直到退伍前夕，那一场"司令部之战"，大伙儿才恍然大悟：这小子，藏得可够深的啊！

　　唐玥好奇地四处张望着。基地风貌真的大不一样，除了刚入营的新兵蛋子，几乎所有穿着军装的老兵，都是竖成列，横成排，一举一动都透着军人的范儿。

　　沿着告示牌，唐玥一路走进新训营，战舰、涛声、海浪花扑面而来。大厅正中，一幅底色为中国版图的星云舰水彩画，格外引人注目；左侧迎宾墙上，清晰地标绘着中国辽阔的海洋国土和星罗棋布的岛屿。

　　还有一大幅征兵总动员，华丽丽地占据了一面墙——

　　19世纪，这里充满屈辱与悲壮！

　　20世纪，这里出现了曙光与奇迹！

　　21世纪，这里创造着幸福与辉煌！

　　——这就是我们日夜守卫的海疆！

　　海疆，伴随着人类文明而崛起；海疆，凝聚着斗转星移的沧桑。古往今来，祖国海疆汇聚了太多英勇与惨烈，熔铸了太多的悲壮与坚强。

　　潮涨潮落，任凭环境怎样残酷恶劣，中国总有大批民族英雄为民为国不畏强暴、英勇抗争，他们是民族的脊梁。潮起潮涌，我们更需要回头看看我们的海疆，翻翻浸透了海水苦涩的每一页近代史，记住昨天的血雨腥风，肩负起历史赋予的重任。

　　国家要强大，民族要振兴，需要一支强大的人民海军，保卫祖国万里海疆。

　　——加入人民海军，是您报效祖国与实现自身价值的完美统一！

　　拐过迎宾墙，往前数十米，左转就是新兵登记处了。

在管理老师打量探询的目光中，唐玥镇定自若地登记填表，领了海军服和日用品，拿了宿舍钥匙，跟着一个三十左右的女尉官往女兵宿舍楼走去。

女尉官陆芸，额上一条芽形疤痕，若隐若现，眸光中时不时闪现的犀利，虽让人有不易亲近之感，但浑身上下透出的一股飒爽英姿，依然令唐玥不由自主地心生敬畏。

接触过两届的基地女兵，陆芸已经算得上经验丰富了，但是这个唐玥却是头一次，给了她一个相当大的意外。

第一印象，这个小女生很精神，不同于以前每次来的女生，不是飞扬跋扈，就是天真懵懂，这个女生看上去文文静静的，但是行动间，自有一股干练的风姿，让人看了说不出的舒服。较之一般女生的大包小包，她的行李简单轻便，毫不拖泥带水。一见面，陆芸就对这个唐玥有了一个不错的印象。

估计唐玥是不知道的，不然也不会这样敬而远之了。

途经训练场时，唐玥不经意往里头一瞥，几队士兵正在进行队列操练，热火朝天的场面，让她心生向往。

训练场上，笔直的队伍不知不觉乱了形。

带兵训练的班长一阵恼火，刚想开口训斥，却无意瞟到场外一个书生气十足的妙龄女生，正一步三回头地往这里张望着。

基地的女兵本来就屈指可数，更何况如此靓丽的女娃。

难怪战士们……班长灵机一动，马上便有了主意。于是，他向队伍大喊了一声："立定！"。

随着口令，行进的队伍停了下来。

"全体都有，向右看，向前看，向前十步走！"

战士们暗自欣喜，向前走了十步，正好走近训练场边的小路，也越来越靠近了唐玥青春洋溢的身影。

唐玥这才后知后觉地反应过来，脸一红，匆匆收回目光，继续向前走去，很快就走出了众人的视线。

此刻，班长又发出了口令："半边向左转！"

"唰"地一声，战士们标准左转了45度，一双双平视的目光，正好直直射向唐玥的方向。

唐玥更为窘迫，迈出的脚步也快了许多。

"半边向左转！半边向左转……"一脸严肃的班长，不停高喊着口令。

战士们更加兴奋了，欢快的目光尽情投向唐玥。

看到大伙赏心悦目的模样，班长不怀好意地笑着，心想：这群没上套的野马，看我呆会儿怎么收拾你们……可他万万没有想到，教官陆芸已悄悄站在队伍后边。

一声高昂威严的口令在头顶轰然炸开："稍息，向后转！"

军令如山。"唰唰"两声，一个360度的急转，整个队伍刹那间面向陆芸。

"向右看，向前看，稍息，立正。全体定形30分钟！"

陆芸发出最后的命令，向不知所措的班长招了招手。

班长立即走上前去，并举臂行礼："报告陆教官，新兵一连二班正在进行队列训练。请指示！"

"臭小子，除了半边向左转，你还会点别的吗？"陆芸还过军礼，便低声训斥道，"看过瘾了？好看不好看？"

"报告陆教官，我想，让大家看够了，就好集中精力训练了。再说，我当新兵时，马教官也曾这样……"

"哼！瞧那臭小子带的好兵！"陆芸一脸黑线。

"你知道，你们看的那个女生是谁吗？"

"是谁？是个人见人爱的小美女呗！"

"美女虽小，本事可不小。只怕你们爱不起哟！"陆芸突然促狭地眨了眨眼。

"啊？她是何方高人……"班长搔了搔脑袋，十分不解。

"啊什么啊？听我口令，半边向左转，半边向左转……带着你的士兵，给我好好定形 30 分钟！"

陆芸说罢，转身离去了。

走出训练场，回过头来，望着身后那群士兵个个站得笔直，犹如一尊尊穆然的雕像，陆芸不禁哈哈大笑起来：

"唐玥啊唐玥，你这一眼的威力堪比原子弹了啊！"爽朗的笑声让走在前头不远处的唐玥冷不丁打了个寒战。

在这男性比例占绝对优势的基地里，"男女有别"从营区的楼群分布中就显而易见：其他楼群都集中坐落在营区一侧，只有女兵宿舍楼和食堂独自位于营区的另一隅，环绕楼前的两条小石子路将这块唯一的"女性领地"从营区的男性世界中区分开来，成为男兵和女兵的"分界线"。

"到了，就是这间。"

陆芸指了指正对营区大门的二楼靠左一间。

唐玥拿出钥匙开了门，飞快地扫了一眼。

除了两个上下铺铁床外，屋里唯一的家具就是一个大立柜了。个人生活用品全部要摆在柜子里。靠门边有一面钉在墙里的风纪镜，镜子下是安放洗漱用具的栅栏。

鹭海基地司令部。

姓名：唐玥

性别：女

年龄：18 岁

身高：163 厘米

出生年月：1982 年 10 月 10 日

血型：B 型

毕业学校：鲤城高级中学

家庭背景及家庭成员：

外祖父曾就任 G 师 T 团侦察组越海侦察兵，退役后在鲤城大竹岛捕鱼为生；

父亲早逝，10 岁时母亲移居台北……

盯着眼前这份个人档案，马绍辉若有所思。

又低头扫了一眼，马绍辉不禁挑挑眉，有些意外地拿近手中仔细端详起来。档案右上角贴着一张大头照，齐耳的短发，利落精神，五官清秀，眉眼如画，扑面就给人一股浓浓的书卷气。

马绍辉顺着档案挨个儿看下去，这小丫头的成长经历就是由一连串亮眼的成绩和优秀表现串联而成的，这回新兵面试的成绩更令马绍辉连连点头。

"报告！"

"进来！"

马铮推门而入时，正好看见马绍辉对着一份档案，眉开眼笑。

能让一向高标准严要求的马绍辉马司令有如此神情的状况，着实罕见。

远远瞟了一眼，照片上的人好像是个女生，马铮心中"咯噔"一响。

"特训营传话，"马绍辉开门见山，"海军女子陆战队年度选拔又要开始了，基地的新兵连分到一个名额。毕竟海军陆战队不是别的，是作战部队的先锋精锐，这谁都知道，体能、潜能、技能以及心理素质都要求非常高。"

马铮暗暗松了口气，只要不是逼婚就好。

受父亲马显锋影响，司令员马绍辉从基层起步，担任过两栖侦察团团长，精通海军陆战队大规模两栖作战指挥。对于队员的这种训练从不手软，这种残酷性他比谁都清楚，大负荷高强度不间断的训练，常常把队员们的忍受力和耐力推向极限，在极限中实现最大突破。

作为一线指挥员责任感和使命感，常常驱使马绍辉把自己放在实战的环境中去考虑问题，在和平时期要做到这一点是有压力和风险的。他深知，一旦战端再开，作为海军精锐的军舰和军人必然开赴前线，海军不比陆军，可以散开躲避炮火，如雨的炮火，精确的导弹，都会打击在同生共死的战舰上！

在鹭海基地官兵心目中，马绍辉是军人的典范：走路时昂首阔步，军装笔挺，皮鞋锃亮，精神饱满。即使在家里，身边没有外人时，他也总是衣着规矩严格，不但风纪扣扣得严严的，就连衣角袖口领口哪怕有一点点污渍，也必定马上清除。那神态使人联想到爱惜羽毛且勤于梳理的鸟儿。

"未来的战场是非常严峻的，我们不能低估任何一个敌人，也不能高估自己的能力，那么我们在平常的训练中就是要盯着未来的战场，要把胜利成为每一个队员坚强的信念，成为一种所向披靡的能力。"

"取胜的关键不在实战过程本身，而在于平时严格的训练。要想成为一名合格的海军陆战队员，必须要有良好的心理素质，任何时候都要沉着冷静，心理的稳定不是一朝一夕能够练成的，要注意长期的养成。"马铮接口道。

"对！"马绍辉赞许地看着马铮，"我们的目光应始终盯着未来战场。在未来战场上，就算我们的情报系统被敌人摧毁了，我们的卫星被敌人摧毁了，我们的尖端武器系统也被敌人摧毁了，我们依然能够取胜。我们就是要把每一个士兵训练成一个非常勇敢、非常坚强的作战单元，让他们在未来战场上能够随时适应瞬息万变的实战环境，才是王道。"

"只要队员能够扛下来，那在未来的战场上才能增加成活的可能。我们宁肯让战友倒在训练场上，也不让他们倒在未来的战场上。"马

37

铮轻扣桌面，沉声说道。

"哈哈，孺子可教！"马绍辉笑声爽朗，"儿子，这次基地海军女子陆战队的操练选拔，就交给你了！"

"基地老兵不是一抓一大把吗，怎么还要我带？"马铮一时怔住。

"上头催得紧，三个月后要人。按新兵连以往的训练大纲走常规训练路线，怕是来不及了。"马绍辉蹙眉说道，"特事特办，你小子当年欠老子一个大人情，正好借你一用。"

马铮苦笑。

不同于一般的野外生存训练机构，鹭市的亚奇野外生存救援营从组建之初就倡导一种实战文化，这种文化的精髓和核心就是一切服从实战需要，营造出了面对训练就是面对实战的氛围。

而这"实战文化"的首创者，正是马铮。

这位身怀绝技的军中优秀男儿，几乎是从"炼狱"中锤打出来的：先后跨越南海、东海、黄海、渤海四大海区，经受过高温和严寒的考验，可以在热带、亚热带、寒带不同气候条件下完成作战任务。

一串串数字在马绍辉的脑海里掠过：每天早晚手拎石砖跑两个10公里，接着再完成"五个一百"：100个俯卧撑、100个仰卧起坐、100个马步冲拳、100个倒立、100个收腹。上午4个小时基础科目训练：400米障碍、投弹、射击、格斗；中午1—2小时的"坐海"曝晒；下午接着海上万米武装泅渡、沙滩擒拿格斗……

一座座莽莽大山同时浮现在马绍辉眼前：马铮被空投到密密的丛林中，身上仅有0.75公斤米、一块盐巴、一壶水，却要在山里生存7天，且时刻处于"围剿与反围剿"、"偷袭与反偷袭"的激烈战斗状态。

不错，这些都是身为海军陆战队员的必修课：濒临绝境，置之死地，对于永远冲在战火最前沿充当"敢死队"的海军陆战队而言，几乎与使命同在。因此，他们必须练就在孤立无援的情况下，走、打、吃、住、藏、侦的过硬技术和本领。

马铮手中的那枚海军特种兵勋章，正是他经历了魔鬼般的训练从90%的高淘汰率中拼出来的。担任海军女子陆战队教官这样的角色本身，对他来说，易如反掌。

只是，就连马绍辉至今也不明白，马铮当初为何要弃大好前程不顾，毅然退伍转业，基地待不住也算了，天鹭特训营也死活不去，铆足了一股劲愣是开了家什么野外生存救援营。对于这个不按常理出牌的儿子，马绍辉时常有种强烈的冲动想要劈开他的大脑看看里面到底是什么。

马铮一直都热衷于跟马绍辉死磕，各种方式与场合。从小到大马绍辉可没少折腾他，马铮在家里过的日子就像一个最规范的新兵训练营，马绍辉是班长，老妈是班副，他这个大头兵，天天就只有被训练的份，站军姿、越野、打靶等等，哪一项达不到马绍辉的要求，抡圆了胳膊就是一顿大嘴巴子，要不抬脚就踹。后来马铮长大了，渐渐摸到了门道，变着戏法和马绍辉作对，所谓与天斗其乐无穷，与自家老爹斗也是其乐无穷的。

有一回马铮战友训练失误，受到马绍辉的"召见"，愁得一脸褶子。马铮笑眯眯地跑过去说他有办法，然后指着这位战友的鼻子开始训话，从语调到神态到那种阴损的坏样儿，都学马绍辉学得惟妙惟肖。

"演习懂吗？这叫演习，我先给你演习一下，实战就不怕了。"马铮一本正经说道。

战友哭笑不得。

结果真到了"召见"那一刻，大家全都憋笑憋得满头青烟。马绍辉刚训了两句就觉得不对头，又找不出破绽，只能全体上操场跑上十圈了事。

马铮的"演习"就此成名，时不时有过来讨骂的，一时间群众基础好得不得了，名声闹大了马绍辉自然知道，气得他无语问天。

想起当年退伍时的父子大战，马绍辉的脑壳又开始抽痛，真是见过愣的，没见过这么愣的，狠角色，狠到家了——

"为什么要走？"马绍辉强压怒气，坐进桌边的椅子里。

不退伍，直接转士官的话，大好的前程等着他。

这也是马绍辉一直以来的期待，子承父业，承马家海军之统。

"我不适合这里。"马铮悠闲地往后仰，靠到椅背上。

马绍辉怒目而视，马铮漫不经心的腔调彻底激怒了他。

"不适合这里？？"马绍辉忽然严肃起来："你懂个屁！你为谁打仗为谁拼命？那个什么扯淡的救援营会大过基地的师长？"

马铮被他噎得一愣，怒气郁在心底。

"只有在这里，才可以为谁打仗为谁拼命吗？"马铮一字一顿，"发展得再好又怎么样？您是知道的，我们这地方建制就这样，有玻璃天花板顶着，越往上人越少，中间就得哗哗地走人，年岁到了干不了一线的活了，就只能走人。"

"爸，你有没有试过做一件事，只是因为自己喜欢，只因为你知道那是对的，你需要！不是为了他妈的什么发展，也不是为了别人眼中的成功，而是，只要你做了，就会觉得满足。你有没有试过呢？"马铮微微眯起了眼。

他是个有野心的人，只是他的野心，不在鹭海。

"去他妈喜欢、满足！全是狗屁混账话！老子说不行，就是不行！"

马铮听到自己的心在跳，十分急促的感觉，如果视线可以杀人，马绍辉身上会被他打成个筛子。

"走不走，我的腿说了算。"马绍辉看着马铮走过自己身边，走出大门。

"砰——"马绍辉气得一拳砸在桌子上，茶杯文件夹子震得纷纷跳起，跌落了一地。

……

后来又经历了一系列惊心动魄的档案扣留、执照扣押、选址风波等事件，全是马绍辉暗地使的损招，意在让马铮知难而退。

马铮愈挫愈勇，一路披荆斩棘，终于在一次不小规模的抗洪抢险中荣登风云榜，亚奇救援营一时也成了家喻户晓的组织。从那时起，马绍辉才渐渐松了口，开始觉得，其实儿子的选择也不是那么不靠谱。

"咳咳……"马绍辉一震，终于回魂了。

"今年应征入伍的女子新兵，独生子女多，有些难办啊！"马铮犹豫了一下，说出了自己的隐忧。

"扯淡。"马绍辉眉头一立道："军营不分男女。想当少爷少奶奶就滚回家去当，老子这里不是养尊处优的地儿，老子的兵哪个拉出来不是好样的，想在老子的队伍里混吃等死，没门！"

端起水杯喝了两口，马绍辉又叨了两句："不磨不炼，不成好汉。战场上没有女人，只有军人。当初我怎么带的你，你就给我怎么带这些女娃。日子过得太舒服了，一点苦都吃不得，不如直接回家奶孩子去。"

马铮斟酌了一下："为了适当减缓女兵们的压力，面上还是遵照往届新兵连的惯常模式为好，我酌情加餐加料。"

马绍辉点点头："也好，就让陆芸陆教官协助你，但具体训练标准，只许高不许低。"

末了，又威胁道："兵熊熊一个，将熊熊一窝。你小子要是给我带出来一窝熊兵，老子头一个毙了你！"

一锤定音，也彻底敲定了这帮新兵们未来三个月的"悲惨"命运。

了却一桩心事后，马绍辉又恢复了顽童样："哎，我说儿子啊，上次给你看的那个姑娘的相片，中不？"

"那个，爸，营里还有事，我先走一步了。"

不等马绍辉吭声，马铮已是脚底抹油，一溜烟没了影。

身后传来一阵笑骂："臭小子，看你躲到几时。"

多久没在这里好好走一走了？漫步在高大的凤凰木下，马铮轻声问自己。

鹭海基地是这样一处古址，1921年到如今的时光反而让他历久弥新，他太像二三十年代的男子，风度翩翩又不失传统。

从半弦场上远望过去，鹭海大会堂和左右的几幢建筑连成一体，配合着一层层古老质朴的石阶，显得尤为壮观。凤凰树和条石的映照，如此和谐；山与湖的呼应，如此自然。漫步在林荫幽深的基地深处，回忆往事，咀嚼记忆，偶尔碰见几个捧着相机的新老兵们，马铮总是会心笑笑。

传说里，半弦场是郑成功曾经练兵的地方。鹭海的远方是金门，再远就是台湾了。四百年前的那场战役，虽然规模不大，却深深烙印在每一个华夏后人的心底。

昔日训练军士的豪气万丈如今已经稀释在空气中，练兵点将的场所成了今天士兵们的训练场，每天训练场上生龙活虎的健儿，和四百年前的时空仿佛有了某种重合和呼应。

如今漫步其间，脑海里依然会闪现出明朝海军大喝练兵时的气势，猎猎战旗，熊熊壮志，历史的风从时间的缝隙里吹来。昔时，清朝已经入关了，作为明朝的余脉之一，郑成功的豪气与威武里倒是带上了几分没落的凄凉。四百年，练兵的将台和洒满血与汗的石板都不见了，时过境迁，只有英雄的传说还在空气里飘散，淡淡的，似远还近。

"一个人亡去之后，时间就会渐渐将他的身影慢慢从人们的记忆中拉走，慢慢消逝，这种遗忘即是一种愈合，也是一种无奈。"

一个声音，在心灵深处响起，悠悠远远，似断还续。

"时间是块毛玻璃，隔着它看那一面的人，永远都看不真切，他离开了，就进入了玻璃另一面。如果可以，我们都想打开这扇玻璃门看看后面的人和风景，但是它只会随着一秒秒岁月流逝的积累，越来越厚，里面的影像也越来越淡漠，直到许多被遗忘、被固化，所以，我们才学会了怀旧，学会了珍惜。"

娅淇，当初你说这些话的时候，是不是已然预料到了什么？

直到夕阳落山，天空开始慢慢燃烧的时候，马铮才缓缓起身。

4 舍友

陆陆续续，唐玥的室友都到齐了。

东西南北，哪里的都有。

来自陕北的小胡，足有 1.75 米的个子，皮肤略黑，说话直来直去爽快得很；江南水乡出来的小齐，眉眼间透着一股子灵动，说话吴侬软语煞是好听，个子不高，比唐玥还要矮一点，正好卡在身高合格线上，不然就算过了政审，也会被退回去的。还有一个是西安来的沈昱，个子和唐玥差不多，虽然不及唐玥的五官醒目，身材却很出众，风姿别具，举手投足间有一种凌人的优越感，一看就知道是个大有来头的千金小姐。

四个人来自四个地方，若是说普通话还能交流，若是一着急说出来的方言，简直五花八门。小胡憨厚实在，小齐温婉随和，沈昱虽有些娇横，却也单纯善良，没什么坏心眼，加上唐玥那一颗敏锐善察的心，也不会计较太多，所以没过多久，四个人就混熟了。

"哇，唐玥，我们还是半个老乡呢。"开朗的沈昱迅速与唐玥攀上老乡了。

"呃？你不是西安人吗？"

"我小时候没人带，就在鲤城奶奶家待了两年。好多小吃啊，可馋死我了！"

"你小时候没人带？那你父母也要经常出海喽？"唐玥脱口而出，印象中似乎只有外出讨海的家庭才是这样的。

"不，"沈昱有些奇怪地看了唐玥一眼，"我妈那时是 C 军区首席记者，经常要外出采访。"

"那，你爸呢？"唐玥突然好奇得很。

"我没爸。"沈昱淡淡说道。

唐玥顿时对沈昱有了一种难以名状的共鸣和亲近。

"对不起，"唐玥看着沈昱，低低地说，"我没想到是这样，让你提这么伤心的……"

"没……啊，不，你误解了，"谁知沈昱却手足无措起来，"我并不是没有爸，我有，只是，我怎么说呢……他，他是 H 军区副司令员，常年在外头跑，我一年都难得见到他一面……"沈昱说完，头低了下去，像个做错事的小孩。

原来如此！

"那你爸妈呢？"沈昱觉得有点窘，便小心翼翼地换了个话题。

"没了。"唐玥淡淡地说。

沈昱的嘴角成了一个略扁的圆，瞪着双眼，久久无声。

唐玥不紧不慢又接了一句："我出生前没了阿爸，十岁那年，我又亲自把阿妈给嫁了。"

"这……"沈昱口吃起来，说了好几个"这"字，仍无法成句。

"对不起。"沈昱终于沉沉地说，任她再如何开朗娇横，此时也只是低了头，没敢看唐玥，脚尖不停地在地上蹭着。

倒是唐玥跟个没事人似的，自顾自说了下去：

"听阿公说，阿妈出嫁三天后就回到大竹岛长住，平时只有过年过节及农忙季节，才能到对岸斗尾港的阿爸家住上一两天。回阿爸家时也须用布巾遮着脸，晚上熄灯后才能住下；第二天天亮又得赶回岛上。成婚三年，阿妈每年到阿爸家不上十次，每回不超过三天。直到怀上了我，阿妈才获准长住阿爸家。可惜好景不长，阿爸在一次出海打鱼时一去不返。阿婆伤心欲绝，直骂阿妈是个扫帚星，一气之下把阿妈赶出了家门……"

看沈昱的表情，好似在听天书。这样的故事，实在离她太遥远了。

小齐好奇地凑了过来："大竹岛？唐玥，你住岛上？"

"是啊，"唐玥友好地笑笑，"大竹岛很小，小得即使在城市地图也很难找到它的位置。在鲤城东南，五厝村距离五厝码头五海里的地方，有一个椭圆形小岛，高不足百米，大不过一平方公里。东峰如大象，中峰似雄狮，西峰乍看像猴王献宝，当地人都叫它'大竹岛'。"

众人正听得起劲，一阵急促的哨音从门外传来："全体注意，带齐个人所有物品，到指定地点组织'点验'！"

相比其她三位舍友慌里慌张的模样，唐玥心中十分坦然。她随身携带的行李简单至极，压根就没有一样可能被查扣的物品。

携带着装满个人全部物品的行包，大伙儿陆续跑到基地指定的"点验"场地，每人前后、左右各间隔一米的距离，等待各教官的"点验"。

根据连里的分工安排，负责女兵"点验"的教官正好是马铮。

人员整队完毕后，马铮站在队前，向女兵们告知了进行此次"点验"的目的和意义，也说到此类"点验"未来还将不定时地开展。

然后，马铮按照花名册上的名单排序开始点名："唐玥。"

45

"到！"

响亮回答后，唐玥迅速蹲下，打开行包，在水泥地面上摊开了自己全部的个人物品。

临出发前，唐隐哲就对唐玥详细交代和叮嘱了很多在部队应该格外注意的事项，因此，唐玥的个人行包里除了配发的服装等物品外，只有书刊、笔记本和纸笔等简单物品。

马铮很快就"点验"完了唐玥的全部物品，看得出他十分满意。

唐玥正待对散落在地上的个人物品重新进行收捡时，却被马铮点名指派，让她负责"点验"登记。

闻讯之后的唐玥快速收捡好个人物品，拿起笔记本，站立在前门处的铁架旁，认真地做起记录来。

"点验"伴随着一种莫名的紧张和不安，继续有序进行着……

半个小时过去，被马铮"点验"为需要没收或暂扣的物品已记了整整一页，唐玥脚下的地面上也摆放了一堆被"点验"出的各类物品。

就在"点验"工作如火如荼地进行时，陆芸也带着副手，再次逐个仔细检查了女兵寝室。

轻车熟路的她俩，分别在铺垫下、床架间、方凳里、吊灯上，又查找出为数不少的各类不符合部队管理规定的物品。

"全体都有，整理一下你们的东西！留下换洗的内衣，一条毛巾，一瓶洗发水，还有发给你们的背包，背包绳，就是那条宽的和那条细长的，其它东西，统统给我放到仓库里！听明白没有！"

"明白……"稀稀拉拉的声音，此起彼伏。

"听不见！"

"明白！"

"点验"结束，大伙都开始抓紧时间整理自己的铺位内务和物品摆放。

"唉！真可惜了我那两罐'酸梅粉'了呀！本来是想趁着熄灯冲给大家品尝的。早知道今天是这个结果，还不如刚才就把它给分了呢。"唐玥上铺的沈昱，坐在正在整理的被子前唏嘘惋惜地叹道。

"哎，沈昱，刚才，马教官已经说了，你那酸梅粉只是暂时交给基地保管，等到我们三个月后配发了领章、帽徽，可以外出时他就会还给你，我都做了详细记录。而且，按照马教官的要求，我还特别做了注明。所以呀，这件事你就放心好了，你那酸梅粉，跑不掉的。"唐玥接口回答她。

"3个月？"沈昱欲哭无泪，"3个月后，估计这粉也该霉完了！"

"呃……"唐玥一时语噎，这保质期问题，她还真没想到。

"算了算了！我可不去自找麻烦了，就当我那酸梅粉是给基地的见面礼了，希望教官们日后对我网开一面就好了。"沈昱无奈但又知难而退地妥协了，一脸苦瓜相逗得其他人忍俊不禁。

"铃——

熄灯号刚刚吹过，营区里迅速漆黑一片。

"好饿啊……"沈昱在上铺小声哀嚎着，"长这么大，这还是我有生以来第一次饿得难受，现在要是看见一只活鸡，我立马都能活嚼了。"

刚到基地，一整天都紧紧张张的，直到这会儿松懈下来了，沈昱才猛然有了饥肠辘辘的感觉。

"今晚食堂那一大碗热汤面居然还没喂饱咱沈大小姐呀！"小齐在对面下铺偷着乐。

"食堂那点儿事你又不是不知道，汤比面多，真正下肚的，只那么一小撮，天可怜见我！"沈昱揉揉肚子又嚷嚷道，"你说以后，咱们真下了连队，是不是这辈子都吃不饱了？白天兵看兵，夜晚看星星。什么时候才能再吃上奶奶家的面线糊啊！"

听到"面线糊"三字，唐玥心中猛地一揪。

10 岁以前，唐玥每天早上 7 点就会被阿妈叫起。不管出不出海，阿妈总会很早起来，她喜欢去扫扫院子，帮阿公把弄下新补的渔网，然后煮饭。那时的早餐基本上都是稀饭，配各种小菜、炒鸡蛋、隔夜菜之类。

有时因为煮得晚了，怕唐玥上课迟到，阿妈于是没少煮面线糊。那时候，唐玥也不太喜欢吃，总觉得口感太过软黏。她更喜欢吃泡面，因为更有嚼头。阿妈是不怎么喜欢泡面这玩意儿的，她总认为那东西不好、没营养，母女俩没少为这事儿拌嘴。阿妈每回总喜欢一煮煮一大锅面线糊，唐玥总是吃一半就死活不吃了。那时候，孩子总是上帝，肆无忌惮。

其实很多细节，唐玥已记不大清。什么时候彻底爱上面线糊的，也记不清了。只依稀记得每逢春游或秋游，天还没亮，阿妈就会叫她起来了。等她洗漱完，穿好衣系好鞋，就会看到桌上又一大碗面线糊，里面少不了鸡蛋，醋肉和青菜。唐玥一边吃饭的时候，阿妈总会帮着拾掇，不停叨念着什么要带什么不要带。面线糊软软的，吃进去热乎乎的，然后总是满头大汗。阿妈叨念够了，就又会拣了面巾踱过来给唐玥擦汗。

薄薄的猪肝片，在淀粉的包裹下爽滑生脆，"哧溜哧溜"，一口一舒畅。各色小菜做得也爽滑入口，唐玥也顾不得形象了，吃的是风生水起，阿妈还没怎么动筷她就一气两碗下了肚。

"阿妈，再来一碗！"喝完最后一口面汤，唐玥满意地打了个饱嗝，意犹未尽地嚷嚷道。

"阿玥，悠着点，小心别把舌头吞下去。"阿妈一边柔声训着，一边慢条斯理地用勺子捞了一个荷包蛋、几片香肠、猪血和海蛎一起盛入碗中，再撒上葱头油、芹菜和胡椒，铺上剪成一节节的油条，这才眯起眼，用竹筷挑了面线细嚼慢咽着。

"如果你问我最喜欢吃什么东西，我可能很难说得清。然后我会以不知道这个词敷衍。如果你坚持刨根问底，我会很认真地告诉你是面线糊。也许你会疑惑，或者笑话我。可是，这就是一种很朴实的喜欢而已，就像有人喜欢喝地瓜粥，有人喜欢喝地瓜酒，有人喜欢吃腌菜干，纵使再也不是那种贫困的日子。"

当年日记本里随手写下的一句话，唐玥至今记忆犹新。

面线糊的味道，就是阿妈的味道啊！

"细面汤底，卤水大肠，抄水海蛎，清蒸鱿鱼/虾仁熟肉不少，葱花芹菜不落/每一刻香飘，都是引领/每一口回味，都是归途……"不知不觉就念出了声。

"天！唐玥你不带这样诱惑人啊！听得见吃不着，这不存心折腾我嘛！"沈昱一边赞叹一边抗议着。

"听起来就好好吃的样子，唐玥，这是哪家的面线糊啊？"小胡也觉得肚里馋虫直翻腾。

"阿妈做的啊！"一说起阿妈，唐玥的心霎时就变得柔柔的。

"唐玥，你的阿妈……现在在哪呢？"沈昱憋红了脸，总算鼓足勇气问了出来。她依旧不太明白，白天唐玥说的"10岁那年把阿妈给嫁了"是什么意思。

"……台湾"

沈昱恍然，然后就特别想咬自己的舌头。

"唐玥，给我们讲讲大竹岛的故事吧。"沈昱赶忙岔开了话题。

柔柔的嗓音，一声声，一句句，字字咬紧了大伙儿的心。一个关于大竹岛的传说就这样随着融融的夜色娓娓道来。

"大竹岛半山腰，有一个不起眼的石洞。洞口被修葺过，仅容一人进出。桂香奶奶就住在这里，是岛上资格最老的居民。每逢桂香奶奶下山，就是岛上孩子们盛大的节日——桂香奶奶有着说不完的大故事小故事，岛上很多阿叔阿婶都是听着桂香奶奶的故事长大的……"

听的人，渐渐入了梦。

说的人，眼前也渐渐模糊起来。

只余了桂香奶奶那一口纯正地道的闽南腔，于梦里梦外自在泼洒——

那少年家说："老师傅，我今日还没卖半文，没现钱偌给你，你若腹肚枵，豆干豆腐豆花，做你吃。"

……

臭头和尚醒来，看见少年家咧挨豆，共伊肩头搭搭咧说："少年家，大度量。贫僧没啥偌报答你，送你一句话，你得谨记。"

少年家说："什么话？"

"石狮吐血，地牛翻身，沉东京浮福建。"

5 马铮的回忆

营区另一角。

"啪嗒——"马铮点燃一根烟，缓缓吐出了第一口烟圈。

关闭所有灯盏，看着那一点火红在黑暗里闪烁，马铮的思绪也随了那袅袅烟丝悄然蔓延。

有时候，他也希望，时间能够停滞，如同眼前这片刻的安宁能够永远定格下来。

马上就会天亮，营区又会热闹起来，年华还是在匆匆而去的。

他甚至希望，现在就在某个十年前的梦境里。然后在某个安静的午后一觉醒来，还是那片海，那窗畔的蝴蝶无声，天上流云缓慢，岁月静好，人美好——

"娅淇，好好照顾新同学，让他能够尽快地融入到我们的大家庭！"

班主任笑眯眯地把马铮交给娅淇的时候，意味深长地嘱咐道。

娅淇点头应下，作为高三（2）班的班长，娅淇无疑是非常称职的，最起码她能赢得同学们的爱戴和老师的信任，她能将高三（2）这个团体当成自己的责任，虽然除了相关的人和事外，娅淇其实并不是太爱管闲事的孩子。

高中的马铮，还没完全长开，比娅淇足足矮了半个头。稚气未脱的脸上，经常挂着大大小小的伤。这是娅淇真正意义上接触'问题少年'，这让她多少有些束手无策，两人同坐一桌，除了铅笔橡皮类鸡毛蒜皮的偶尔交流外，马铮基本不会和娅淇有多余的交流，更别提班级的其他同学了。

一天傍晚，娅淇一如既往背着书包慢悠悠经过学校的小树林，一声闷响从寂静的林中传了出来。

娅淇左眼的神经随着这声响狠狠抽动了两下，一阵窸窸窣窣声过后，一个瘦小的黑影突然从小树林里窜了出来，吓得娅淇踉跄倒退了两步，差点没被窜出来的黑影给扑倒。

"你在这干什么？"马铮一把拉住娅淇的胳膊，声音听起来闷闷的。

"路过。"娅淇答道，就着校园两旁的路灯，这才发现马铮脸上又挂了彩，校服也被拉扯得不成样子，完全一副失魂落魄的模样。

娅淇皱了皱眉头，内心挣扎了半天，终于还是从口袋里掏出了手帕递了过去。

马铮犹豫了一下，接着又若无其事地接过手帕，擦了擦嘴角快要凝固的血迹，在娅淇以为他不会开口说话的时候，马铮开口了。

"以后看到打架离远点。"

娅淇嘴角抽了抽，摸着左眼咬牙切齿道：

"你就算拿刀逼着我……"娅淇说不下去了，权衡利弊，"我可能会考虑凑近看看。"

马铮"嗤"的一声笑了，笑声越来越大，却乐极生悲，扯动了脸

上的伤口，'嘶嘶'地抽了两口冷气。

见到马铮的倒霉样，娅淇觉得解气了很多，掐着马铮的胳膊拉着他去医院处理伤口了。

这次事件以后，两人的关系在不知不觉中有了质的飞跃，不再除了"公事"才有交谈的可能。

随着两人关系不断增进，每次马铮受伤挂彩，娅淇都会忍不住唠叨两句，而脾气可以称得上极度阴晴不定，动不动就要以拳头解决问题的马铮却对娅淇的唠叨沉默以对。

马铮渐渐明白了娅淇的底线，除了找自己人打架，娅淇会忍不住对他黑脸外，只要是跟其他不相干的人大动干戈，她大都不会多说什么，甚至在得知马铮只是局部轻伤，对方起码要养大半月的时间时，她还会一副很欣慰的样子。

马铮曾一度猜想，如果娅淇在他与外校不相干人的打架现场，这妞会不会一脸激动的为他摇旗助阵？

可惜这个猜想无法得到最后的验证和结果，分别的时刻就倏然而至。

毕业会考后的第二天。

娅淇静静地站在沙滩前的高台上，看着远处的风景。马铮在一旁看着她，不知道为什么，娅淇的背影总给他一种萧瑟、孤寂的感觉。

"马铮，我要离开了。"

那一刻，马铮才知道，娅淇的父母在台湾。

"可不可以，陪我再爬一回普陀山？"

多年以来，马铮总会反复思索同一个问题：如果当时不去普陀山，娅淇是不是就不会死？如果当时不去普陀山，他如今又会在哪里？

世上没有如果。

事实是，马铮不假思索地答应了。

进山时，已有零星小雨，两人不以为意，马铮跟在娅淇的身后，两人背着简易登山包，在崎岖的山路中冒雨前行。

突然，埋头前进着的娅淇整个身子向右侧滑，在她整个人要侧翻彻底失去平衡的时候，马铮迅速跳向前方，却只来得及抓住娅淇背囊的肩带，两人顺着雨天被浇得泥泞的斜坡一路侧滑了近两米的距离，才止于马铮左手插于地上试图缓解下滑趋势的军刀。

变故只是瞬间发生的，整个过程也不过十几秒的时间。雨越来越大，一定程度上阻挡了他们的视线，马铮根本没有察觉到娅淇的整个身体都是腾空的，被他拉着提在悬崖的半空中。

千钧一发的时刻，马铮压根就没有感觉到手上的重量已经超出了正常范围，在他看来，他们只是遇到了山体滑坡，侧滑挂在滑坡的山体上而已。

娅淇没有挣扎，尽管她的整个身子完全是腾空的状态。摇摇欲坠的山体随时会再度滑坡，她怕稍微一动，也把马铮给拖下去了。

"别装死，踩着我借力往上爬。"马铮低声道，声音在雨水的冲刷下显得有些模糊。

"悬崖。"娅淇轻声道。

乱石堆积的河谷中，大声说话引起的震动都可能引发山体滑坡或山石滚落。即使这样，仍然时不时有小如鸡蛋、大如脸盆的石块不断从队员的身前脑后滑落。

"……"马铮这才后知后觉的感受到她手中十足的重量，停顿了片刻，"别叽叽歪歪的，踩着我借力往上爬。"

娅淇用空出来的手狠狠的抹了一把脸上的雨水，试图转身抱住马铮的腿，没有借力点，这个动作做起来，十分吃力。在马铮感觉到他的裤子都快被娅淇拉掉的下一刻，真实地感受到了被紧紧抱住的力量，说不上是松了一口气还是其它感觉，马铮这才松开抓住娅淇背囊的手，改为抓向湿滑的土地，整个手指甲深深掐入泥土中。

娅淇像是在拍电影的慢动作镜头，一动一顿地抓住马铮的腰，在快要摸到斜坡的泥土时，两人同时感受到了身体下滑的趋势，马铮手

中的刀正顺着湿滑的泥土缓缓下移。

刚才因为集中精力攀爬，两人都没怎么注意周围。直到这时娅淇才感受到那明显的下坠感，马铮的刀，已经支撑不住两人的重量了。

"马铮……"娅淇想说些什么，却被马铮无情地打断了。

"别废话，动作麻利点。"

娅淇不动了。进山之前，他们的手机就没了信号。她同时也明白，即使是保持通讯畅通，一把小小的军刀也等不及救援队伍赶到。

静默片刻，娅淇知道再这样耗下去的结果会是什么。雨下得更猛了，她甚至还能感觉到雨水混合着泥土砸在她脸上的痛楚。

'哧啦'一阵轻响，娅淇拉开双手的同时，说了五个字，"马铮，对不起。"

整个过程不过几秒，马铮只觉得半边身子一松，下一刻，空虚感瞬间席卷了他，脑中一片空白。

"不——娅淇——"空荡荡的山谷，回音也如此轻飘无力。

马铮的双眼一直没有离开过如断线风筝的娅淇，一滴泪顺着他的眼角缓缓滑落，脑中浮现的是他们曾经并肩伏案的身影。

如果他足够强大，一切会不会不一样？

曾经，他以打架为荣，以为这就是强大的表现。

打遍校内外无敌手的他，到头来却救不了一个小小的她。

而今，他恍然明白了什么。

那之后的马铮，脱胎换骨。

破天荒头一回，马绍辉一脚踹他进军营时，他没反抗。

直到加入海军陆战队，直到退伍，直到成立野外生存特训营，一路走来，娅淇，你都看到了吗？

东方既白，起床号响。

新的一天又开始了。

第三章　鹭岛新家

1 新训典礼

入校后第七天，唐玥她们终于迎来了新兵开训的日子！

早饭后，女兵们在饭堂门前的空地上列队集合。陆芸进行了简短的动员之后，新兵们便浩浩荡荡地迈着还不太整齐的步伐，前往大礼堂。

学校大礼堂装点得肃穆庄严，宽大的会场舞台上对称垂挂着幔帘，幔帘中央悬挂着鹭海基地的标识，标识上方横悬一黑体红字横幅，上书"鹭海基地海军新兵开训典礼"。

礼堂中央是一排铺着蓝色桌布的主席台，台面上端正摆放着扩音器、茶杯和书写了基地各首长职务和名字的席卡。

开训典礼尚未开始。就在新兵们鱼贯而入的同时，先行到达并已落座的老兵之间已经在激烈地相互拉歌。

"东风吹，战鼓擂，要拉歌，谁怕谁！"

"打蔫了吧！没词了吧！你们的声音都哪儿去了呀？不行了吧！沙哑了吧！以后不敢叫板了吧！"

"冬瓜皮，西瓜皮，你们不要耍赖皮，机关枪，两条腿，打的你们张开嘴！"

拉歌的场面所营造的那种战斗氛围不亚于硝烟弥漫、炮声隆隆的战场。此起彼伏的吼声，有板有眼的节奏，声嘶力竭的嘶喊，一经"拉"上，战士们的情绪马上被"煽"起来，不消一个回合就能热血涌头。

"九排的呀嘛——呵嘿（和声）；来一个呀嘛——呵嘿（和声），你们的歌声是——稀哩哩哩哗啦啦啦呵乐乐乐嘿（和声），来一个呀嘛——呵嘿（和声）。九队的、来一个（和声）！来一个、九排的（和声）！"

"叫你唱，你就唱（和声），扭扭捏捏不像样，快！快！快！（和声）"

受到挑战的九排当然不甘示弱，队伍前马上站起了一位身材魁梧的学员，他打着富有节奏感的拍子，起了歌头："日落西山红霞飞，预备——唱！"

"日落西山红霞飞，战士打靶把营归、把营归；飞展红旗映彩霞，愉快的歌声满天飞；咪嗦啦咪嗦，啦嗦咪哆来，愉快的歌声满天飞……"

"歌声飞到北京去，毛主席听到心欢喜，夸咱们歌儿唱得好，夸咱们枪法数第一；咪嗦啦咪嗦，啦嗦咪哆来，夸咱们枪法数第一。一、二、三、四！"

九排的《打靶归来》正在欢快咏唱，十二排的《我是一个兵》又是如雷般掩至。紧接着，八排的《团结就是力量》也先后高声唱响。一时间，礼堂内歌潮涌动，似海涛般回荡。

还处于队列歌曲曲盲阶段的新兵们，手捧水兵帽端坐在礼堂的座椅上，淹没在这由军营歌曲汇集而成的海洋里，沉醉在这军人特有的火热激情中，聆听着、感受着，并被深深地影响和熏陶着。虽然不曾开口，唐玥和战友们周身的血液也都在快速地燃烧和激烈地沸腾着！

9点整，礼堂的侧门吱呀一声打开，一行穿着海军常服的军官走进来，走在后面的马铮在人群中格外显眼。

"喂！看到没，最后头的那个马铮你知道不，听说是基地司令员的公子，他家世代海军，你说牛不牛？"沈昱又在和唐玥咬耳朵。

"都是些啥官儿？"

小齐在后面听见两人说话好奇地探过头来，刨根问底的话还没说完，就被陆芸扫过来的严厉目光吓得闭了嘴。

在《人民海军向前进》的军歌背景声中，主管基地军事和训练工作的陆芸宣布："鹭海基地海军新兵训练正式开训！"

随后，陆芸宣读了《入伍训练计划》和《训练大纲》；紧接着，基地司令员马绍辉走上台去。他极少出席这种新兵开训仪式。

"同志们！"马绍辉洪亮的声音响彻礼堂每个角落。

底下除了呼吸，只剩下大功率混响的回音。

"从今天开始，你们已经光荣地成为中国人民解放军这个钢铁长城中的一员！作为一名新兵，你们马上面临的将是如何完成新兵入伍训练，实现由普通老百姓向解放军战士这一人生历史时期的重大转变。可以说，这个过程是需要付出艰辛、勇气和努力的！犹如军营的预科班，只有通过所有基础课目的考核，才有资格进入军营这所大学校。新兵连生活是每一名军人的'成人礼'"。

在完成以上由普通老百姓到普通兵的转变之后，你们的第二个阶段还要进行外场实习课程学习，完成由普通兵向专业技术兵的第二次转变。

"从今天起，我们将正式拉开新兵入伍训练的序幕。在接下来的时间里，我们全连干部、士兵将共同训练、学习和生活三个月。希望大家在这段时间里，服从命令，听从指挥，刻苦训练，认真学习，以优异的成绩来实现自己由一个地方青年向合格士兵的二次转变。"

"现在，社会上有一种错误的讲法，说什么'当兵的傻、当兵的呆！'今天，我要告诉你们的是，当兵，是意味着奉献、意味着失去，甚至是意味着流血牺牲！但是，当兵又意味着是人生价值的最大体现！

穿上这身军装，你可能会后悔四年，但是，没穿过这身军装，你一定会后悔一辈子！"

动员大会并不冗长，马绍辉做了简短发言后，直接省略掉了几道不必要的过场，示意马铮发言。

"甄别群死群伤的地震受灾人员，我们可能一辈子也遇不到，但就像是上战场打仗一样，不经过艰苦的风雨的洗礼和训练无法成为一名合格的士兵；不经过各种严酷的训练，不可能在救援的时候面对问题有正确快速的解决之道。每个人所处的位置，个人在团队中的作用和相互的配合都是在训练中慢慢形成的！

我对各位就一个字：练！在未来 3 个月的时间里，你们每天要在这里接受平均 10 个小时的军事技能训练！如果谁跟不上训练进度，可以有两个选择，第一，就是打包回家。我们会举手欢送，从这里被严格训练汰淘，总好过你们在战场上被敌人淘汰；第二，就是接受我们的额外加餐，直到把你们喂饱为止！3 个月以后，我会在你们这百来号人里，挑出部分精英，进行上报，把你们带入部队中的"天堂"，把你们锻炼成精英中的精英……

首先，学会稍息立正，这是基本，是训练步伐的起点；其次，学会敬礼，这是礼节，新兵见到长官必须行军礼；再次，学会走队列，这是规矩，"一人成方、二人成排、三人成行"要牢记，出行队列不整齐随时被纠察扣押；第四，学会叠好被子，这是个人素质，衡量军事态度、个人水平，必须像豆腐块一样方方正正，有棱有角，要不就到楼下去捡被子。因为叠不好，教官就会把你的被子扔下楼，所以大家都要努力叠好被子。第五，学好基本科目，这是任务。在新兵连必须学好'三大'步伐和《队列条例》规定的科目。"

别说新兵，就连在场的老兵们，都明显感觉到今年的新训强度比往年都要高出许多，甚至还安排了类似于野外生存的综合考核。

会上，各班班长都领到了一份要求张贴在本班寝室门后、大家都必须熟记硬背的《新兵量化管理百分制考核细则》。

　　《细则》中，一页蓝色的"新兵四连量化管理成绩显示表"展框格外醒目，纵向标示着各个班排，横向标示着评比项目，紧密整齐的小格子等待着新兵们用汗水和努力填写成绩。

　　而每名新兵都领到了一个按规定必须随身携带，以便干部随时就个人表现情况进行加、扣分记录的小册子。

　　抖抖《新兵入伍教育训练安排》，沈昱哭丧着脸："唐玥啊，你确定这是新训营，不是集中营？"

　　像是看穿了什么，马铮气定神闲地说道："不用担心，以我的训练强度，你们完全能扛住。"

　　"扛得住的标准是什么？"台下有人反问，脸上的神情是倔强又带点挑衅的。

　　马铮正了脸色说道："有时间在这和我理论，不如赶紧回去叠被。"

2 内务检查

　　每天早晨的内务检查，照例在早饭前 10 分钟进行。

　　"整理内务是新训期间最基本的课程，教官每天都会进行检查，不合格的站军姿！"宿舍门口响起陆教官的声音，边说边走进来，"被子要叠成豆腐块，被面上不能有半点褶皱；皮鞋要擦得一尘不染、柜子里的衣服要叠整齐，鞋子上左下右依次摆好。桌子上什么都不准放，所有东西都要放到柜或抽屉里，里面也要摆放整齐，大家再加把力，争取把内务流动红旗拿到手。"

　　新训典礼上，唐玥她们就听老兵说过，在早上这个有限的时间段，室内其它卫生的检查还在其次，被子的叠整情况可是检查重中之重！

叠被子绝对是一项高难度的技术活。你能写上万字的读书笔记，你能计算很复杂的方程式，你能有一身好水性，但你不一定能叠一个如豆腐方块般的被子。如果没有严格按比例和规范操作，没有计算好被子各部分折叠处的定尺，每次都在不同的部位瞎折叠，就会把被子给叠坏。而一旦叠坏了，这床被子也就算是彻底完了，任凭你是神仙再世，也不可能再整出造型来。

女兵们开始兴致很高，等反复叠了十几遍还没有一点成块的样子时，就有了泄气的迹象。

"被子是用来睡觉的，不是摆着好看的，非要叠成方方正正、棱角分明的豆腐块，还让不让人睡啦？我看呀，与其豆腐块，不如豆腐皮，简单又方便。"沈昱郁闷地抗议着。

这抗议声，不偏不倚，正好落入正推门而进的马铮耳里。

看向每个人的铺位，映入眼帘的豆腐皮、豆腐卷、豆腐蛋、豆腐条……好一席流水豆腐宴，应有尽有，独独缺了豆腐块。

马铮蹙了蹙眉，沉声道："为什么要你们叠豆腐块，而不是什么豆腐皮、豆腐卷、豆腐蛋等，你们想过没有？"

众人面面相觑，不吭一声。

"出门看队列，进门看内务。军队是用来打仗的，虽然小小一床被子并不能上纲上线说明什么大问题，但也是个不容忽视的重要细节。"

马铮耐心地教育着。

"背包是部队行军打仗的必备装备，是官兵背在身上的流动的家，也是有效保存自身战斗力的重要方面。短时间内打好、打结实、打牢靠背包是所有军人都必须具备的重要技能之一，是来不得半点差错，不能有半点延误的，延误了就意味着战机可能失去。"

"两点之间，直线最短。被子与背包之间那条最短的直线就是豆腐块，一旦接到"开拨"命令，官兵就可以在最短时间内用背包带把豆腐块麻溜一捆扛起来就走。"

"枪声响起的时候，敌人是不会等你把豆腐皮叠成豆腐块再出手打你的。人家的枪早上膛了，你再磨蹭一会儿刀都架你脖子上了，没出招就输了，还打什么仗啊？兵贵神速懂不懂！"

"话说，四连阵地上，官兵拆除炮衣后，叠、压、理等，炮衣便方方正正堆放在支架上。豆腐块炮衣刚叠好，上级就传来空情通报：首批'敌机'来袭。'这么快就来了？'指挥员急忙下达口令，炮手们慌忙奔向炮位……结果四连'全军覆没'。"

沈昱鬼鬼祟祟地和唐玥咬着耳朵，唐玥想笑又不敢笑。

"沈昱，满嘴跑火车很好玩是不是？这么有精力就给我到操场跑十圈再说！"沈昱吐了吐舌头，这才悻悻闭口。

马铮接着说："'块'比'皮'好打理、好携带是人所共知的基本经验，对战争而言更是如此。古今中外战例无数，从来也没见哪个部队是披着被子冲锋陷阵的，如果那样就用不着扣板击了，笑都把敌人笑死了！虽然笑死敌人也是损耗其战斗力的好招，只是从来都没见人用过，不知哪支部队敢为人先试一下，说不定还可申请一项吉尼斯世界纪录呢。"

这下大家全笑了。

"外观尺寸符合规格只是第一阶段的基本要求；所有的线、面等宽、对称的地方均实现无误差的标准统一才是第二步。而在我理想中最后必须达到的境界，则是：被子六个面的每个面不仅要完全平整，而且，每个面的对称点都要控制在 3 毫米的误差之内。"

顿了顿，扫了下无法入眼的被子，他继续："给你们一晚上的时间，明天早上我再检查如果还是现在的样子，集体站军姿。"

"这要求也太高了……"有个声音飘过来。

61

马铮侧首："谁在说话？"

沈昱吓得脸色惨白，一时噤了声。

唐玥见状，叹了口气，壮着胆子接过话头："教官，一个晚上的时间恐怕真的不够用！"见马铮看着他不说话，她不知道哪里说错了，直到小齐低声对他说了两个字"报告"时，她才反应过来，提高了音量回道："报告教官，一个晚上的时间不够用！"

马铮低头看了下腕上的表，状似不解说道："白天训练结束时间为五点一刻，距离明天我检查还有 13 个小时 57 分钟，按叠一次 5 分钟算你可以进行 167 次。"盯着微怔的唐玥，他一字一句地说："一个难度系数为零的动作反复做 167 次依然没进步，说明什么问题？"

被他的速算惊住，唐玥一时没反应过来。

"哈，那个，报告教官。"沈昱终于回过神来，战战兢兢地插话道，接到马铮递过来的眼神，她问："难道我们不睡觉了？"

"我说了不让你们睡觉？"马铮反问，又道："这个动作操作的效果直接影响你们睡觉时间的长短，所以，睡不睡，决定权在你们手上。"

强词夺理的见多了，他绝对是极品。唐玥低着头没再吭声。

"说难的都是虚的。"马铮在大家沉默的时候出其不意地说，目光的落点是唐玥年轻的脸："之所以觉得难，是因为你把它想象得太难。"

前一秒还有些抵触情绪的唐玥，眼里蓦地升起一种叫作"顿悟"的光芒。她似乎有点明白了，身为职业军人，他们手里的真把式，那绝对不是吹出来的。

沈昱冷不丁又开了口："教官。"

马铮看向她："说。"

"教官，可以给我们示范一下吗？"

小齐小胡兴奋了，沈昱说出了她们不敢说的话，于是，齐刷刷望过去。

马铮脸上的表情依然是严肃的，他微拧了下眉，迈着大步走到床边，以眼神示意沈昱打乱被褥。

"看好了，学着点！"

"竖叠三折，横折四折，叠口朝前，置于床铺一端中央。"马铮边说边示范，先把皱纹抹平，再压出褶痕。竖着褶成四叠，两边一卷一合就成了雏形，把多出来的部分塞进被缝里就隆出了棱角。一只手捏住一角，另一只手的拇指和食指顺着棱角滑动到头就拉出了侧面的线条，直得跟西裤的摺印一样。

教官就是教官，动作干净利落，有条不紊，散乱的被子很快就被折成了豆腐块，怎么看怎么顺眼。唐玥不禁想起一句话：平四方，侧八角，苍蝇飞上去劈叉，蚊子飞上去打滑！

沈昱眼里发光，带头鼓掌，嘴里还不忘夸奖："教官，你太厉害了。"

马铮站直了身体，说："记住，新训期间和教官说话前先说'报告'。"说完递给沈昱一个眼神，"好了，动手吧！明早开饭前你们必须学好怎么叠，不合格的不许吃饭！"

哀嚎之声四起。众人心里暗暗叫苦不迭。

接下来，八仙过海，各显神通。

有把被子按在地上压啊压的，手压累了坐在上面接着压；有往被子上喷水、塞扳子的，有穿着大头鞋踩的……各类方法无所不用其极，就为了被子能像传说中的豆腐块一样有型。

唐玥认真回忆了一下马铮刚才示范的，利落地起线整形，竖叠三折，横折四折，被子很快就服服帖帖，虽然与马铮的要求还有一定距离，但已然有模有样，颇具规模了。

"哎哟，不行了，可累死我了！"沈昱一屁股坐在地上，沮丧得不想再起来，"还不如待家里呢，在家里可都是妈妈和姥姥给我叠被子

的。好端端地跑这来受哪门子罪啊！"又不甘心地撕扯了几下，最终一下子扑在被子上，呜呜哭了起来，边哭边死命地锤着床板："呜……我不要当兵，呜……我要回家，我要回家，呜……我想妈妈，我想姥姥……"

唐玥不禁满头黑线，却发现房间里瞬间安静下来，回头看了小胡和小齐一眼，两人也呆坐在床上，神色间竟然没有平常的嬉笑，大有于我心有戚戚焉的认同感。

良久，沈昱的哭声终于渐渐小了下去。唐玥和小胡小齐互看了一眼，同时走到沈昱身边，扶起她坐到一旁。小胡帮忙整理储物柜，小齐拧了毛巾递给沈昱，唐玥倒了半杯热水。

沈昱有些怔忡地望着三人，双眼肿成了桃。

唐玥把水递给她道："哭累了吧？适当哭泣有助于美容，但可别过头了，美容不成反成大桃子。"

一句话说得沈昱和小胡小齐全笑了起来。

"好了，"唐玥边说边依次抖开三人的被子，用圆珠笔在折线上标注上记号，"以后就按这个标记线，把被子捋顺、压实，等分三折，左右对折，再压平就行了。切忌一折大一折小，不然叠出来的被子会一高一低，又成豆腐花了。来，都过来试试。"

三人按照唐玥说的练习了几次，虽然仍不是太标准，但也差强人意了。

沈昱望着床头初具规模的豆腐块，一股强烈的自豪感油然而生："哼，回头叠给老爷子瞧瞧，省得他老说我肩不能挑手不能提的千金大小姐。"

小齐也笑道："要说咱这四人当中，沈昱你的条件最好了，怎么也会被一床小小的被子给整哭了啊？"

沈昱脸一红，不好意思说道："我从小都住姥姥家，被惯得无法无天了，爸爸实在看不过去，就把我拐到军营里来了，说让我好好锻炼锻炼。"

唐玥点点头："你爸爸是对的。你姥姥总不能帮你叠一辈子的被子吧，很多事情最终都只能靠我们自己。想想啊，等放假回家时，你爸爸妈妈看到你的转变该有多高兴啊！"

沈昱眼睛一亮："对，给他们一个大大的意外。"

说着又干劲十足地抖开被子勤学苦练起来。

接下来的一天里，除了训练、睡觉和吃饭之外，沈昱几乎把所有的精力都用在了整理被子上，就连背诵《条令》时，她也是坐在床边一边背诵一边整理被角。

唐玥看了看表，催促道："熄灯时间要到了，大家抓紧了。内务卫生是集体的事，光一个人做好是没有用的，大家好才是真的好，明天才有碗饭吃啊。"

最后一句话又引来一阵哄笑。

一直待在门口没走远的陆芸暗暗松了口气。

这个沈昱背景不浅，一个弄不好别说她自己，就是基地领导也要跟着受牵连。本来有些棘手的局面就这样被唐玥化于无形了。

是夜，唐玥几人不约而同都梦到了自己在叠被子和整被角！

一同入梦的，还有那悠悠袅袅的一声小曲儿一声念——

梳头梳一起，红凉伞，金交椅。

梳头梳一完，生子传孙中状元。

梳头梳一双，生子传孙做相公。

梳头梳一对，千年姻缘万年富贵。

三下木梳，两下虱篦，春通吃，晚通剩。

新人头插花，入门好夫妻。新人头插艾，入门得人疼。

……

阿妈浓密乌亮的头发被喜婆轻轻理直，分成上中下三股，用红绒线扎牢，分别盘结在脑后成凸椭圆形，再用"扁笓"将头鬈固着，髻底套上一个铜质镀金的舌型髻垫，环垫周围竖镶一排齿状饰物，把头髻束住。脑后"髻塞"的下沿，饰了一排银铃。"髻塞"中央缀满"银角牌"、"瓜子牌"和各种碎插。最后抹上一层芦荟香腊。

头髻梳毕，喜婆又从阿妈额顶挂上一条5尺长的黑料丝巾，从髻边向背后垂下至衣沿。丝巾两头用3寸宽的黑帛仔布接着，缀上各种颜色和式样的绒仔花和五色羽带。这才撑了伞，牵了阿妈出了院落，步入迎亲队伍，来到厅堂。

厅堂正中摆着一个烘炉，烘炉中的天公金纸、香烛正"燃"着，火旺旺的。媒婆一边扶住阿妈，让她迅速跨过"火窗"，一边口中念念有词：

"过火窗，嫁出遇到一个好。"

"过火炭，家口（家庭）全好看。"

……

伴随着队列训练计划在户外训练场上的紧张进行，营房内，全队内务卫生的检查标准也在逐步提升！

每天早晨，马铮领着检查小组人员走进寝室，看到铺面上那一排排整齐摆放的被子中，哪个是稍有畸形或尺寸偏差、比例不对的，只要马铮一歪头示意，就立刻会有班长冲上前，唰地抓起这床被子，从窗口"呼"的一声，就给丢到了后面晒衣场。同时，被人扔了被子的这个宿舍卫生评比分数也就被扣掉了宝贵的一分。

当这种情况发生时，当事人的这顿早饭自然也就没得吃了。这倒不是规定不让吃，而是自己实在没脸坐在本班人员中间端那只碗。

入基地的起初半个月，每天早上的检查中，全连上下都有多则一二十、少则七八个"内务高手"的被子，从三楼或一楼的窗口抛出。这些人都是内务方面的"精英"，也是各班班长和副班长最感觉头疼的"熊兵"。

唐玥宿舍四人，在唐玥的带领下，却是回回蝉联内务流动红旗。

3 拔军姿

第一天的外场新训，完全可以用一场灾难来形容。

无遮无拦的训练场上，太阳曝晒下的地表温度，估计得有 40 度不止。即使早有心理准备的唐玥，都有些吃不消。汗如雨下，这还叫轻的了。

"唐玥"

"到"

"沈昱"

"到"

"胡……"

点名完毕，陆芸合起手里的文件夹，朝站在队伍一侧的马铮点头，然后往一边站着。马铮跨步走到队伍正前方中间的位置站定，面朝众人，用他那如大提琴般浑厚的嗓音朗声说：

"全体都有，立正，向右看，向前看，稍息。"

"成为一名优秀的军人之前，必须学会站军姿。它的要求总结起来就是：三平、三挺、两平、两贴、一顶。可以说它是一切军事动作之母。好，我们的第一课：拔军姿。立正！"

唐玥是第一次这样近距离观察马铮。

身形劲瘦，皮肤黝黑，帽檐下是一对斜飞入鬓的剑眉，左眉下方有长约三厘米的缝针痕迹，不甚明显。内双，眼睛有神略显狭长，鼻梁高挺，坚毅有型的薄唇很有个性地开合着。

还有眉眼间，那一丝若有若无的忧郁，在他身上怪异地统一着。

综其外表，总结如下：完全是血气方刚纯爷们的典范。

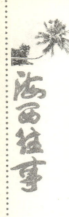

　　"接下来，跟着我的动作要领来做：首先，头要正，颈要直，口要闭，下颌微收，两眼向前平视，两脚分开60度，两脚挺直，大拇指贴于食指第二关节，两手自然下垂贴紧。一定要贴紧，别人如果用力拔你的手，即使你的人被扯得倒下了，你的手也不能松！"

　　马铮边说边来回巡视着，毫不留情地否定、否定、再否定。

　　"收腹、挺胸、抬头、目视前方，两肩向后张。注意将体内的气流分三股：一股从丹田顺两腿向下，使两腿挺直夹紧如柱，双脚虎虎生威，紧紧抓住地，有一种将大地踏裂的感觉；气不到腿，双脚无力，下身则不稳。一股从丹田向上，散至两肩与头顶，使肩平头正顶住天，眼盯前方不斜视，风吹沙眯眼不眨；气不饱盈，身体松垮，双目无神。一股收腹提臀，护住身体，使身体如钢铁一般坚固，否则腰部软弱上下不直。"

　　队伍里已经陆续有人在摇摇晃晃了。

　　"将体内的气和身上的每一块肌肉、骨骼最佳协调兼顾，将气与力完美的舒展，形成一体最大的合力，站成一棵挺拔的劲松，形成五点一线，不掉三五斤水肉、不流十来斤汗是绝对达不到这样的境界的。"

　　拔军姿的要求听着简单，做好了却不容易，尤其在接近四十度的高温下。顶着炎炎夏日，汗水湿透了腰背的衣衫，强烈的紫外线烙得人前胸后背火辣辣的疼。唐玥他们的方队有百八十号学员，清一色的女生，估计是所有新入女兵全拼凑在一起了。横平竖直的方队，一开始还算规整，10分钟后，就开始有倒下的了，被抬到医务室里去了的不是一个个的，而是一片片的。

　　开始有人"使坏了"，偷偷移动身体重心，轻微活动一下左腿，过一会儿再换过右腿。马铮见了，偷偷站在后头，谁的腿弯了就用脚尖在谁的后膝盖处顶一下，谁就得一个趔趄。随后便迎来劈头盖脸一阵吼：

"给我站直了，别跟个没骨头的软泥怪一样。"

说实话，唐玥都有点坚持不住了，小时候唐隐哲训练她时隔个七八分钟就会休息一下，高中军训时正常情况下也只是站一刻钟，就会休息几分钟的，可是现在却站了足有几个一刻钟了吧。

她甚至感觉眼前一阵阵发黑，滴滴答答的汗水，从额头滑落，使得眼前有些水雾朦胧看不清前方的东西，具体方队还剩多少人，唐玥余光扫过，似乎没剩几个了。

不过稍稍一走神，马铮就向前一步，站在她面前大声而严厉吼道：

"注意要领，两脚跟靠拢并齐，两脚尖向外分开约60度；两腿挺直；小腹微收，自然挺胸；上体正直，微向前倾；两肩要平，稍向后张；两臂下垂自然伸直，手指并拢自然微曲，拇指尖贴于食指第二节，中指贴于裤缝；头要正，颈要直，口要闭，下颌微收，两眼向前平视。"

唐玥目光直视眼前的马教官，正对上他的眼睛。从那眼中流露出的，是毫不掩饰的不屑，好像在说，你也不过如此。

唐玥不由精神一振，是啊！这不过是第一关，如果自己都坚持不住，还有什么好谈的，不过是一个大大的笑话罢了。

想到此，唐玥努力振作精神，把有些放松的身体，重新紧绷起来，站得笔直而标准。

马铮眼里闪过一丝微不可查的笑意，后面的陆芸不禁暗暗叫苦，心道这马铮今天这是怎么了，新来的都是些没接触过兵营的小女生而已。平常男兵站半小时军姿，到女兵这里自动打个折扣，一刻钟就休息一下，已经成了惯例。就算是特训选拔，照这样练下去，怕没几个能通过考核的。

百八十号人的女兵方阵，一小时后只剩下了唐玥一人。

烈日下，一小时不停顿的军姿，这是正规的老兵都很难达到的标准，却被她一个小小的女生做到了，是什么支撑她做到的，马铮几乎同时这样问自己。

他相信支撑她做到的，绝对不是体力而是精神，一种在职业正规兵身上才看得到的精神，如此熟悉！

马铮又扫了一眼站在队列前面的唐玥，阳光没有遮挡地照在她的脸上，映来一脸闪闪烁烁的透彻晶莹。在马铮这个角度，甚至可以清楚地看到她脸上细微蠕动的绒毛，贝雷帽下一张秀气文静的小脸红彤彤的，让马铮不禁联想到了早晨天边浅淡的彤云。即使不施粉黛，满脸汗水，也令马铮忽然觉得有一种不可逼视的美丽。

陆芸看看表，走上前低声说：

"马教官，都一小时了，差不多了吧？"

马铮看了看场上仍站得笔直，但脸色已渐渐苍白的唐玥，终于开了口：

"稍息。"

唐玥长长舒了一口气，紧绷的身体迅速松弛下来。

马铮围着唐玥转了一圈道：

"怎么样，一小时的军姿就吃不消了吧，告诉你，这不过是小儿科，全副武装的负重越野行军五公里，都是新兵连最基本的要求。这样原地站一个小时都坚持不住的话，就不要想当什么兵了，趁早转行才是最正确的选择。现在告诉我，你还想不想当海军？"

唐玥有些固执地点点头：

"想！"

马铮不禁暗暗称道，脸色却依然严厉：

"好，希望你能让我继续满意你的表现，现在休息10分钟。"

马铮转身一走，唐玥顿觉眼前一黑，身体一软，沈昱和小胡小齐几乎同时窜出来，一左一右的扶着她，驾到旁边的阴凉地方坐下休息，沈昱接过小齐手里的矿泉水递给她：

70

"小口来，别急，慢慢喝。"

女兵们三五成群地坐在树荫下喘气，聚集的小团体基本上都是按照宿舍分开坐的。

唐玥坐在树荫下，感觉自己的头脸热辣的难受，接过矿泉水，仰起头从头浇了下来，刹那的清凉，通体舒畅。随意地甩掉脸上的水珠，才发现溅了旁边的沈昱一脸，不禁有些赧然。

沈昱倒不以为意，只颇有几分戏谑道：

"看不出来啊，唐玥，你真有两下子！告诉我，你到底怎么坚持下来的，有什么诀窍？"

一旁的小胡小齐也附和着："是啊，快坦白交代，你怎么做到的，不然，我们就……"

说着伸手在唐玥腰眼上轻轻捅了一下。

唐玥腰上都是痒痒肉，一边躲开她俩的魔手，一边咯咯咯地笑了起来，清爽的笑声伴着树上的蝉鸣，使得这个炎热的午后，有了那么一丝不同的意味。

旁边站在不远处的马铮被笑声吸引，不由自主看过来，刚才还严肃规整的小丫头，这时候却笑颜如花，笑容使得她本来就立体的五官更加生动好看。

唐玥又仰头灌了几口水才道：

"没什么诀窍，我也不知道，我就想着，如果第一关都过不了，还当什么兵。"

"喂！唐玥，我总觉得，咱们马教官对你很不一般啊。你发现没有，无论什么项目都对你比我们严格很多，是不是沈昱？"

沈昱点点头道：

"唐玥，你自求多福啊，我老爹就这样，手底下的兵越是出色，越是磨练得狠，你小心点。"

小齐凑过来道：

71

"喂！沈昱小胡你们两个这就多虑了，我瞧着马教官这样，唐玥反而乐在其中呢，这家伙想当兵想得都疯魔了。"

唐玥白了他们一眼道：

"还有八分钟，你们确定这大好的时间就用来说风凉话兼批斗我吗?"

唐玥话音没落，小齐就带头窜了出去：

"咱们赶紧去抢厕所，不然一会儿就成了伦敦了。"

沈昱和唐玥相视一笑。

沉默半晌，沈昱开口道：

"为什么这么想当兵?"

"一个梦想，一个心愿，关于阿妈，关于我。你可能永远用不上狙击步枪，永远不会变成特攻队成员，永远不会战斗中负责安全防卫，永远不会三更半夜在公海登陆敌舰。你可能永远不会穿上军队制服，永远不会以'自由'的名义重拳出击。但我还是要告诉你：无论你做的是什么，你都需要选定立场——到底是选择卓越，还是选择平庸。"

马铮正好走近，正好听到了这句话。

马铮发现自己对眼前这小丫头的感情渐渐发生了微妙的转变，不是简单地看好她，想好好培养她这样简单，那份沉淀在脑海深处的记忆，正因了她悄然泛起。

在这个唐玥身上，不知道为什么，马铮总觉得能看到那个娅淇的影子，因此对她的感情也不一样起来。不知不觉中，按照记忆中的样子去打磨这个唐玥，是马铮新生出来的目标。

从面试开始，马铮对于这个小女生从好奇到好感，从好感到想磨练她，成为一个真正的女兵，这种思想进程，连他自己都惊讶。若说以前马铮还有犹豫，怕这丫头吃不消，但是经过了第一天的军训，他才真正下定了决心，这个唐玥是个可造之材。

集合号在耳边吹响，唐玥蹭一下站了起来，几乎是第一个冲了过去，动作迅速得令身后追着她跑的沈昱愕然不已。

"立正，向右看齐，向前看……"

一连串的口令声持续响了起来。

4 队列训练

随着军姿训练的开始，艰苦的队列训练正式拉开了帷幕。

当洪亮的起床号响起，相继传来一二三四的口令声和嘹亮的军歌声，原本还在熟睡的唐玥条件反射一样从床上弹坐起来，痛呼一声"哎哟"又栽倒下去。站了几天军姿、踢了几天正步后浑身跟散了架似的，胳膊腿又酸又疼，根本不听使唤。她赖在床上不肯动，多想就这么挺尸一天。

"他们的精神头儿可真足。"睡意蒙眬的沈昱也醒了，她哼哼着趴在床上抱着枕头哀呼："教官再帅也不能缓解我此时此刻的酸痛啊。"

哼叽归哼叽，几人手上的动作都不敢停，三下五除二，匆匆洗漱完毕，便往训练场赶去。

"课目：单兵徒手队列训练；进度：班教练；项目：立正、稍息、整齐报数；停止间转法，齐步与立定。重点：齐步与立定；要求……"

下达课目后，马铮一副恨铁不成钢的气恼劲："部队、部队，讲求的就是队列整齐、步调一致！看看刚才你们从宿舍一路来到这里的样子，哪里有一点军人的形象。说好听一点，你们这稀拉的队伍叫'民工队'，说难听点，简直就是农民在赶鸭子。"

"今天训练的重点，就是齐步正步行进与立定的练习！不能尽快实现步伐整齐、动作划一，队伍拉到哪里都是丢人现眼！"

"全体都有，齐步——走！"

"左脚向正前方迈出约75厘米，先脚跟后脚掌，身体中心前移，右脚参照左脚；上体正直，微向前倾；手指轻轻握拢，拇指贴于食指第二节；两臂前后自然摆动，向前摆臂时，肘部弯曲，小臂自然向里合，手心向内稍向下，拇指根部对正衣扣线，与最下方衣扣同高，离身体约25厘米；向后摆臂时，手臂自然伸直，手腕前侧距裤缝线约30厘米。行进速度每分钟116—122步。"

"都有，左脚再向前大半步着地，两腿挺直，右脚取捷径迅速靠拢左脚，立——定！"

"好，再来一遍！"

"都有，正步——走！"

"左脚向正前方踢出约75厘米，腿要蹦直，脚尖下压，脚掌与地面平行，离地面约25厘米，适当用力使全脚掌着地，身体重心前移，右脚参照左脚，上体正直，微向前倾；手指轻轻握拢，拇指伸直贴于食指第二节；向前摆臂时，肘部弯曲，小臂略成水平，手心向内稍向下，手腕下沿摆到高于最下方衣扣约10厘米处，离身体约10厘米，向后摆臂时，手腕前侧距裤缝向约30厘米。行进速度每分钟110—116步。"

"立——定！"

"好，再来一遍。"

"都有，跑步——走！"

"注意，跑步的第一步一定要跃出去，前脚掌着地，在整个跑步过程中，都不能全脚掌着地；立定时，要注意靠腿和放臂的一致性。"

"立——定！"

就这样，集体操作与单兵演练交叉进行，大家机械木然地不断重复着这一项项看似简单其实又非常复杂的步法训练。

训练中，各种问题层出不穷，中暑、拉肚子、胃疼、皮肤过敏、肌肉拉伤、痛经、脚泡破了……教官们为这些八零后们的娇生惯养头疼不已，一边感叹着一代不如一代，一边狠狠地想着法折腾他们，好像不把这帮新兵蛋子的懒筋抽掉，誓不罢休。

从正式下达齐步课目的第一天起，作为最基本的队列行进姿态，这些动作就与大家如影随形了。

在新兵日常管理制度的要求中，齐步动作绝不仅仅是只适用在训练场和队列行进中，而是完全贯彻到了单兵日常生活的整个过程和每个环节中。二人成伍、三人成行已是最基本的要求了，只要身体离开铺位或板凳，无论上厕所还是在队内的班级间串门，走道里、宿舍外，往来的新兵无一不是采用标准的齐步姿态在行进。

半弦场到大礼堂的途中，由东到西的红砖路面上画出了一道道仿若斑马线的横线，每道横线的间隔距离正好是 75 厘米。唐玥她们把这叫做"养成线"，以齐步的每步步幅 75 厘米为准。

"队列动作生活化，生活动作队列化！"马铮总这样教导她们。

从最初的一顿饭吃一两饭，到现在的一顿饭吃三两饭，这个跨度几乎算得上是一蹴而就的，唐玥的一言一行，也开始初具军人的雏形。

随着训练的逐步升级，马铮对唐玥也越发满意起来，看得出来，这是个非常有潜能的孩子，体能的韧性很大，更难得的是胆大心细，而且吃得了苦，不像其她女生一样，强度稍微一大就叫苦连天，牢骚满腹的。

日子悄然滑过立秋，鹭市的天气已然有了秋的味道，空气清爽又带着几分微凉。树枝上的花叶已经呈现出凋零之态，早秋的海风习习吹过，总能带走一些花枝招展的颜色。

正式进入到新训阶段后，马铮在各方面对女兵们的要求陡然严格

起来，训练在按计划大纲如常地推进，紧张、规律、辛苦而又枯燥。女兵们的日常生活在"宿舍——食堂——训练场"三点一线中日复一日地度过。

女兵们因此也从随心所欲的自由状态，一下子进入到紧张、痛苦的高强度训练和快节奏之中。开训后不久，不堪其苦的她们就开始叫苦连天了。

一整天的队列训练坚持下来，几乎所有人都累得像是散了架。这其中的原因还不光是身体吃不消，突然开始的高强度和大压力使她们那脆弱的精神都到了近乎于崩溃的边缘。

晚上吃饭的时候，沈昱只啃了半个馒头。

"小昱，你平时能吃三个馒头，今天怎么回事呀？"回到宿舍后，唐玥关心地问到。

"小昱要减肥了。"小齐开玩笑地说。

还没等小齐说完，沈昱的眼泪便哗哗地下来了。

小胡埋怨着："小齐，看你又把小昱弄哭了。"

"我可是没说什么呀！"小齐委屈极了。

唐玥走到沈昱身边，关心地问："小昱，你是不是哪儿不舒服？"

"不是，我想家了，我妈说姥姥天天念着我的小名。"说完沈昱哭得更厉害了。

一听想家，小齐放下手中的书，"我也想家，我妈现在就一个人在家。"说着，眼圈也红了。

"我也想爷爷。"小胡也快哭了。

想家的思绪感染着每一颗年轻的心，毕竟她们才只有十七八岁，在父母眼里都是没有长大的孩子。

刚入伍时对周围事物的那种新鲜感和好奇心已经荡然无存，取而代之的是充满了焦躁和寂寞的思念！晚上熄灯后，大家躺在床铺上，就不由自主地开始想家。不知是谁，夜静中捂着被子呜呜咽咽地偷偷

发出了抽泣声。

唐玥扭头看向窗外，黑色幕布般的天际上，清冷的月放牧着一群星星，宁静地喧闹着。

快要中秋了吧？阿公阿妈，你们还好吗？

　　中秋月饼一面镜
　　照甲大厅光映映
　　街头巷尾博月饼
　　厝内喊甲大细声
　　孙仔细汉中一秀
　　阿姐博无让大兄
　　博着对堂阿妈赢
　　安公博着状元饼

一入八月便是满耳清脆的骰子声，伴随欢快的童谣曲，大竹岛的博饼中秋季俨然已至。

"阿玥，阿玥!"

天刚蒙蒙亮，阿公就在唐玥卧室门口大呼小叫的。

"来了来了!"唐玥匆匆套了件衣服，趁着阿妈还没醒，赶紧溜了出去。

她和阿公约好了，一起垒"塔仔"。

"阿公，为啥叫'塔仔'?"每年中秋，没少博饼，这传说中的"塔仔"，唐玥还是头一回垒。

"元末刘伯温在月饼里藏字条，约好八月十五烧塔仔举火为号，武装起义。'三家养一元，一夜杀完全'，就是这么来的。"

唐玥恍然大悟。

不知不觉中，"塔仔"工程已近尾声。

"阿玥，还有碎砖头吗?"

77

"有，给!"

"还要碎瓦片。"

"喏!"

"再来一把干柴火!"

"就剩两把了，全塞了吧。"

"好的呀!"

不多会儿，一个上有塔眼、下砌小门、上尖下大、空心圆形的七层"塔仔"就垒好了。

唐玥第一次垒"塔仔"，干劲十足地继续在各层裱上花花绿绿的五色纸。

阿公早已是个中老手了，此时他正来来回回每个角度仔细审查着。

"唔，稻草树枝还是少了点，最好再来点盐巴、松香什么的。"

"松香?"唐玥不解。

"和盐巴一样，都是助燃的，烧得越旺表明这一家子会更加兴旺发达。"阿公神秘地眨眨眼。

"哎呀，天快黑了，阿玥，咱俩分工，你捡稻草，我采松香去。"

当月亮升起时，各家各户就将塔内的柴草点燃，火焰从塔眼中冒出来，红彤彤地照亮整个庭院。熊熊火光辉映着月光，孩子们在月色中追逐打闹、相邀参观彼此的塔仔，比较着谁家的塔仔烧得更旺，大家沉浸在一片欢乐之中。

又过了半晌，塔身已经烧得通红。烧"塔仔"的仪式就算是告一段落了。

"阿玥，捅塌上层土块。"阿公边说边从兜里掏着什么。

"干吗?"不是结束了吗?

"一会儿你就知道啦!"

随即只见马铮随手扔下几个芋头和番薯，又捅塌全塔，覆上沙土，并不断叩击。

半晌之后，翻开土层。

"好了，可以啦。阿玥，吃'胡头'"

"阿公，我也要。"

香味越来越大，一旁的唐玥终于忍不住了。

今天的唐玥，可谓是盛装出行。印着白花的玉蓝布巾系在头上，额顶发界饰着一块玫瑰花环，头巾在下巴处紧束又别上一枚杜鹃花徽章，头巾满满遮住了她的头顶和左、右、后三面，露出了弯弯的柳叶眉、水灵灵的丹凤眼和时而现出洁白小齿的樱桃嘴，恰到好处地装饰着白里透红的芙蓉脸，甚是好看。配上两袖短而窄、衣襟短而宽的白花粉红衫，裤筒宽而短的白花深蓝裤，加上左手拎着小竹篮，实在是楚楚动人。

"阿玥，小心烫着啊!"

鼓声起，仪式开始。

拜月、咏月、听香、走月有条不紊地进行着。

一张祭桌，上摆月饼、水果。阿妈设桌于门前或大埕中，用红纸剪出各式各样吉祥图案，一一贴在糕饼、水果上面，点上红烛，焚上高香，一边浅唱低吟，一边将写满祝福的薄纸放进金桶焚烧。

晚云收，淡天一片琉璃。烂银盘、来从海底，皓色千里澄辉。莹无尘、素娥淡伫，静可数、丹桂参差。玉露初零，金风未凛，一年无似此佳时。露坐久、疏萤时度，乌鹊正南飞。瑶台冷，阑干凭暖，欲下迟迟；

念佳人、音尘别后，对此应解相思。最关情、漏声正永，暗断肠、花阴偷移。料得来宵，清光未减，阴晴天气又争知。共凝恋、如今别后，还是隔年期。人强健，清尊素影，长愿相随。

唐玥听得愣了神去，手中还剩的大半个"胡头"，哧溜溜滑落在地，她也没发觉。

原来阿妈唱歌这般好听。

皓月当空，家家户户燃起红烛。

一块大圆桌，一个大海碗，六粒骰仔和一整套大中小 63 个的中秋会饼，骰子在大瓷碗里落下，发出叮叮当当的清脆响声。

"博饼喽，博饼喽——"

最激动人心的时刻到来了。

"这是郑成功驻军厦门时，由部将洪旭等人设计的。后来收复台湾时，为了化解众部下的乡愁，才大力推广，让官兵在中秋节尽情戏耍。后来这套游戏规则逐渐地在台湾和闽南民间流传开来，盛行至今。"

唐玥偎在阿妈身边，兴致勃勃地听着旁边的阿叔们唠嗑。

"哎哟，别挤别挤，一个一个轮着来。"

"哎呦，我的姑奶奶，不是这么个扔法，得六粒骰子同时扔。呐，看我的！"

"轻点，轻点，不然骰子跳出大碗，就要停一轮啦！"

每年博饼节都会上演的同样场景，老手带新手，热闹得很。

"当——"

"一粒红'四'，秀才呀。开局有彩，吴婶子，运气不错啊。来，取走一个最小的月饼！"

"当——"

"两粒红'四'，举人啦。不错不错，仁儿，取走一个第二小的月饼。"

轮到唐玥了，她摩拳擦掌，抓在手中摇了半天，终于掷了出去。

"当——"

"哈呀，三粒红'四'，中进士啦！阿玥啊，手气老好啊，来来，三红饼拿着，别急着走啊，等着争状元哈！"

"'三红'饼的味道最好。"桂香奶奶曾这么说过。

这来源于一个有趣的传说：永乐二十二年（1442年）甲辰科殿试，状元孙曰恭，明成祖觉得"曰"、"恭"合在一起是"暴"字，不吉利，于是将第三名的邢宽易改为状元。在厦门人的说法中，这状元不一定是"才高八斗"之辈，第三名反而有真才实学。因此，状元饼的味道也就一般，而三红饼总是味道最好。

所以每回，唐玥总对状元兴致乏乏，一心盼着拿三红。

今年，她没想到一开局就博了个"三红"，愿望达成了，她也溜到别桌去观摩了。

"阿公，博得咋样？"

"开门'四进'，第二轮就博了个'对堂'，哈哈！"阿公一脸得意劲儿。

"手气超好嘛！"

"当——"

"四粒红'四'，俩小'么'，哎呀呀，状元插金花！状元插金花！"隔壁桌好一阵排山倒海。

桂香奶奶博的。

"桂香奶奶真够牛的，这下稳坐钓鱼台了！"唐玥啧啧赞道。

"那倒未必，"阿公又拿了块'二举'饼，边拿边说，"要是掷出了六粒红'四'就叫"满堂红"，比状元插金花还大，整套月饼统统拿走！"

"啊，还有这回事！"唐玥突然觉得，关于这博饼里，她原来还是个门外汉。

索性完全无视游戏规则，她就喜欢掷骰子，听那叮叮咚咚大珠小珠落玉盘的声音，她就欢喜得很。

结果还是让她拿了不少大大小小的会饼。

"铃——"
起床号声中，唐玥一跃而起。
又是一夜长梦，很暖，很温馨。

第四章 炼狱新兵连

1 打靶

清晨 6 点，天空还是一片浅蓝。

星云舰桅杆顶上，薄雾缭绕，微透着凉意。

海平线渐渐明亮起来，红彤彤一条长长的带子，牵着一轮红日，慢慢儿、一纵一纵跳出海面。几只海鸥欢快地鸣叫着从半空掠过，惊起岸上几只悠游自在的虾蟹。

天地之间，一派安宁。

"车九进七"

"马六退八"

"车九进八"

"象五退七"

一场象棋对弈正在沙滩上激烈角逐着。

寻常下棋，下棋者沉默静思、气定神闲，其他人观棋不语；眼前这场对弈，却是两个排的官兵之间的集体对抗，下得是人声鼎沸、大汗淋漓、气喘吁吁。

原来，这是基地官兵发明的"沙滩象棋"。

一片平整的海滩上，红色尼龙绳拉起长 30 米、宽 20 米的硕大棋

83

盘。棋子用大石磨成，每个重达 40 公斤。一排男兵二排女兵各据一方，一人负责一个棋子。排长居中充当将帅，指挥全局，"车"、"马"、"炮"和"卒"都有发言权，为将帅决策进行参谋。

这不，一排和二排女兵正在这棋盘上展开厮杀。一排排长马铮决策果断，不断向对手发难——

"车八平七"

"士五退六"

二排排长唐玥深思熟虑、步步为营，屡次化险为夷——

"马三退五"

"炮八平五"

一盘棋下得难解难分，士兵们都已汗流浃背。最终，还是一排技高一筹——

"将军！"

"红胜！"

"马教官，姜还是老的辣啊！"唐玥一边擦汗，一边递过了一瓶水。

"哪里哪里，险胜一子而已，半月未下，唐玥你的棋艺又有长进啊。后生可畏啊！"马铮笑得爽朗，喝得爽快，三口两口一瓶水就见了底。

短暂的放松后，严酷的新训依然持续着，在已经练习得颇有章法的队列军姿外，马铮又增设了一向新项目，也是唐玥尤其喜欢的一项——打靶。

打靶之前，要先了解手中的枪支和正确的瞄准姿势，这至关重要。

这一日。学习枪械的基本知识和保养。

当唐玥看到马铮从仓库领出来的枪支时，就兴奋起来了。

枪支修长，坚实有力，工程塑料和钢铁制作的折叠式的枪托，实木制作的护盖和握把，抛光锃亮的击发机，握在手里面那种沉甸甸的感觉都让人体验到了一种冰冷冷的机械美感。

汉阳造——唐玥记得这枪，她在阿公收藏的书册里看到过。

"汉阳造使用时间特别悠久，中国从1895年起在湖北的兵工厂仿造德国毛瑟1898型步枪，该枪口径：7.92mm×57，使用毛瑟7.92mm枪弹，弹丸初速650m/s，标尺射程2000m，全长1250mm，5发固定弹匣。由于汉阳兵工厂是最主要的生产厂，因此被称为"汉阳造"。"马铮滔滔不绝地介绍着。

"甲午战争失败三年后。汉阳造打响了开国第一枪，可谓当之无愧的开国功臣，为军阀混战时期各军必备利器，虽然后来中国研发出中正式步枪，即使在解放战争中，很多部队还装备了这种步枪。"

"汉阳造虽然很好用，属于单发步枪，装弹容量为五发，但是打一枪后，要拉下枪栓，再装弹后瞄准射击，使用起来非常复杂。"

"虽然不方便，但这毕竟是民国时期中国军队常用枪械了，无论如何也要仔细研究。"

听着马铮讲解时，唐玥就已经按捺不住心里的激动，手不停地抚摸手中枪的枪身、弹夹、扳机，一点不嫌手上立刻被沾上大量油污。

眼见马铮手脚利落地"咔咔"几下就把手里面的枪大卸八块，然后用布和枪上自带的一些小工具开始给枪上油，大伙儿都有些傻眼。这东西可乍学啊。

"来来来，都过来。"马铮的招呼声打断了众人的思路。

"都看好了啊，我这里边讲边做，待会儿大家都把枪分解后用枪油擦拭一遍再放到枪柜里面。估计在武器库都放了不短的时间了，枪得保养一下。"

说话间马铮已将自己已经组装好的枪放到了桌子上，保养后的枪，在日光灯下幽幽闪现出一种独特的光彩，与唐玥她们手里面还没擦拭过的枪大不同，给人的感觉，就好像是一把开了刃的刀与一堆没开刃的刀的对比一样。

"诺，先从枪托这里取出副品匣，枪口向前，用大拇指这么拿，然后放好。然后按住机簧，把机匣盖……"

马铮边讲解，边亲自示范对枪进行着分解，为了让所有人都看清，他把动作放慢了不是一点儿半点儿。

"就这样了，放的时候注意把所有部件按照分解的顺序摆放整齐，方便擦拭和最后的结合。"

马铮把枪分解完了，一抬头——

"哎哎，沈昱你着什么急。等会儿再分解，我下面再跟大家说一些怎么把分解后的枪结合起来，省得待会儿乱了。"

"笨啊你，按这个，使劲！"

"这里这里，向后转一下。"

"把击发机分解开啊，整个儿拿出来就完了？"

马铮一会儿指点一下这个，一会儿指点一下那个。唐玥记性极好，马铮讲了一遍后就牢牢记住了几个步骤，只是第一遍做动作稍显生涩而已。

终于所有人都擦好枪并在马铮的指导下结合好，大家都很兴奋。

马铮问："怎么样，都会了吧，用不用我再说一遍？"

"不用不用，这个太简单了。"沈昱想当然地说道。

她在家里没少跟司令员老爸学过，所以没觉得有多难。

"简单？"马铮听了沈昱的话，似笑非笑。

他皱了皱眉头，说："我不想说你是新兵蛋子，可你也太那啥了，你觉得分解结合挺简单是吧？"

沈昱不解地点了点头。其他女兵也都齐齐看了过来，一探究竟。

"看好了。"马铮把枪放到面前摆好，顺手找了个毛巾把自己的眼睛缠上然后立正站好，"唐玥，帮忙下口令！"

"是！分解开始！"

马铮本来紧贴裤缝的双手突然之间就动了起来，伴随着"咔咔"几声脆响，一支完整的步枪就被分解开来，所有部件都整整齐齐地摆放在了白布上面。

"分解完毕！"马铮大声报告。

所有学员都看傻了眼了，这个，蒙着眼也能分解？而且那个速度，就是他们睁着眼也比不上啊，最后还整整齐齐地摆放好，天哪，这眼睛长毛巾外面了？沈昱甚至不信邪地跑过去从马铮下巴下面往上面看，看是不是留着一条缝，可惜什么都没发现。

唐玥看着笑了，大声下口令："结合开始！"

马铮双手准确无误地拿起了桌上面的散件，利落无比地组合到位，同样几下"咔咔"声响，枪支恢复了原样。接着快速拉动枪栓上空膛并扣动扳机击发，最后把枪的保险复位，将枪支背带整理好，把枪支放好。这才摘下了头上的毛巾。此时的步枪，如同马铮刚刚放上来的那样，似乎根本没经历过刚才的分解结合，安安静静地躺在桌上。

"简单么？不简单么？"教官拍了拍在自己身边看傻了眼的沈昱的肩膀，扫了屋内所有人一眼，意味深长地说了一句，"慢慢练吧！"

"这，练这个有什么用？又不是玩杂技。"沈昱兀自嘴硬了一句。

"当然有用。"马铮接过话头说："假如在战场上，晚上你的枪需要保养，但不能开灯，或者你的枪某些部件损坏，你可以换别的枪上的部件。在漆黑的条件下，你不学会这个，你还怎么用枪？"

老兵果然还是有几把刷子的，唐玥心悦诚服。

"枪是一个战士的生命，作为一名合格的兵，要把枪当做自己的眼睛一样爱护好，拆装枪支也很重要的，某些特殊的作战环境，需要自己排除故障，或是重新组转成一个新的有杀伤力的武器，才能制敌于枪下，我们今天不过简单了解一下，下面休息10分钟，10分钟后

87

听到集合哨去训练场集合，我们去打靶场练习正确的握枪姿势和瞄准技巧。"

军车缓缓驶出岗哨森严的海军基地，穿过绿树如茵的街道，驶过郊县翠绿无垠的原野，开入了一条不太开阔但很平整的军用公路，最后驶进了一块开阔的靶场。

靶场背靠一片山壁，一群穿着军装英姿飒爽的娘子军一跳下车，形成了一道亮丽的风景线，给这个四周一片绿的单调环境，增添了几分不一样的色彩。

射击瞄靶训练，和队列练习一样，是新兵训练中最难熬的两大块。因为枯燥，对于一群十八九岁风华正茂的女兵来说，侧卧在那里一动不动，完全是一项高难度的任务，马铮亲自督导，令唐玥一组的其她成员暗暗叫苦连天。

晨风淡起，彩旗高展。

靶台、射击台、弹药所、指挥所、救护所、警戒线一一设置完毕，有关人员正在有条不紊地做着相应的保障工作。报靶员正在加固靶位，通信兵正对着单机电话线路做最后的检测，发弹员正在装填子弹，侦察兵正在测试风力提供修正数据，一排未装弹匣的56式冲锋枪按照靶台的位置整齐地一字排开，每支枪后两米处跨立着一名负责保障的士兵。

射击台后20米处的空地上，全体新兵原地坐下。

"嘀，嘀，全体就位，准备射击！"两声哨声后，一名指挥员下达了进入射击准备的命令，信号兵立即用旗语打出了相应手势。

靶场上瞬时悄无声息，所有人员都进入了靶坑，只有猎猎作响的警戒旗和指挥所的单机内依次传来的报告声：

"靶台准备完毕！"

"警戒完毕！"

"弹药所准备完毕！"

……

"新兵一组进入射击位置，二组准备！"

十几个新兵按照指挥员的口令，跑步到弹药所，从发弹员手中依次领取装有五发子弹的弹匣，之后对齐射击台位置跑步立定。

马铮站在前面开始点名：

"第一靶准备，唐玥，沈昱……"

唐玥知道一般实弹打第一靶的都是瞄靶优秀的，一个是不至于成绩太难看，二一个也是给后面的做一个榜样，意思是看见没有，其实不难，你们也行的，一种心理暗示和安慰。被点到名的几个人出列，站成一排，接过压在弹夹里的五发子弹。

"一组第一靶就位，卧姿，装子弹。"

伴随着马铮干净利落的口号声，唐玥为首的一排唰地趴在地上，除了唐玥外其他几个人都是呲牙咧嘴的。靶场上随即响起击针撞击底火的"咔咔"声，和"哗啦哗啦"的拉动复进机的声音。大家按照马铮反复教了无数次的流程，验枪、装弹匣、拉枪机、关保险、定表尺、踞枪瞄准、送弹上膛，井然有序地进行着。

"一号射击准备完毕！"

"二号射击准备完毕！"

……

唐玥正把枪托放在肩膀上，等待下一个号令时，身边一片阴影过来，一双大手扶了扶唐玥肩膀上的枪，一个浑厚的男中音飘进耳膜：

"肩膀和枪托一定要顶实，不然容易脱靶。"

伴着声音一股男性特有的气息钻进唐玥的鼻孔，汗味混合着清爽的肥皂香，倒是不算难闻。唐玥于是重新调整好角度，闭了闭眼，重新睁开眼睛，瞄准前方的 100 米外直径 6 厘米的白圈预压扳机。

随着射击号令一响，唐玥扣动扳机，啪啪啪的接连枪响，报靶杆

89

左右晃动几下，5个10环的成绩，令马铮错愕半晌，女生新生军训能打到40环已经是破了纪录，而唐玥又一次刷新了这个纪录。

"射击，其实就像开车，驾驶员要掌握车辆的性能，充分运用方向、档位、油门，使车与人合二为一，才能安全行驶到目的地。会开车的人都知道，刚学车前，操作规程记得滚瓜烂熟，一上车就犯迷糊，手脚配合不协调，开车起不了步也是常有的事。"马铮曾经这样说过。

除了唐玥等极个别的优秀射手外，大多数新兵蛋子初次打靶都有些像刚开车的感觉：

有的人打开保险后直接扳到了连发上，一扣扳机子弹全跳了出去。

有的人又做了验枪的动作，打开保险又拉枪机，子弹全被退了出来。

有的人没有尝试过枪的后坐力，枪一发射，常常是后坐力顶着人与枪一起抖动，并且枪每抖动一次自己也尖叫一声，听起来很是壮烈。

有的人听见枪声四起，瞬时眼睛里只有图像没有了声音，空气中弥漫的火药味刺激着心脏跳动的速度，大脑一片空白，尤其是看到飞起的子弹壳时，本能地把整个头埋进了靶台，全然不知还没有打开保险。

有的人打得正欢时，突然子弹卡住了，提起枪起立准备向班长报告，与此同时，他身后的一名保障人员火速上前一把将那支乱晃的枪口死死锁定在空中。

战斗打响不久，有人发现，靶牌上方约十五米高处靶墙上沿的一面警戒旗轰然倒下。

……

"日落西山红霞飞，战士打靶把营归，把营归，胸前红花映彩霞，愉快的歌声满天飞，愉快的歌声满天飞，嘿……”

歌声伴着夕阳，随着两辆军车飘散在山道上，即使严肃如马铮，此时的脸上也露出了一丝少见的笑意，这首打靶归来的军旅老歌，在这时候唱，真是有一种别样的感触，由女声唱出来，刚中带柔，仿佛更别有一番味道。

唐玥的成绩虽然震慑了不少人，但是她一向出挑，倒是远没有沈昱给人的意外大，娇滴滴的大小姐，平常体能相对差一些，多趴一会儿就怨声载道的，谁知道打靶上面却颇有天分，在唐玥之后，打了48环的好成绩。

说实话，比唐玥的 50 环更令人意外，也怪不得几乎所有人都用一种看外星人的眼光盯着沈昱了，连马铮的脸上都是不容错辨的吃惊，更别提其他人了。

车子进了学校，重新集合好队列，马铮简单做了实弹射击的总结，并且好好表扬了唐玥和沈昱一番，才正式解散。

解散的号令一出，小齐就一把拽住沈昱：

“喂！沈昱，你实弹怎么打的这么好，平常明明看你连我这两下都不如的。”

沈昱呵呵笑了：

“我爸爸好歹是军人啊，虽然我平常没怎么锻炼，但是打靶经常和爸爸一起去的，我的准头是日积月累的结果，都是子弹喂出来的，再说今天的运气也不错，不像咱们唐玥是实打实的实力派。”

小胡不免垂头丧气道：

“你们不要假谦虚了好不，都比我强。”

听到她的话，唐玥不禁扑哧一声笑了出来，小胡五发子弹打出去，别说环数，就是子弹都不知道飞那里去了，完全脱靶，其他两人看到唐玥笑了，想到刚才的情境也不禁也嗤嗤笑了起来，小胡脸一红：

"哼！你们三个都不是好人。"

唐玥一看她仿佛有几分真恼了，急忙收起笑容道：

"好了，是我们三个不对，以后多练练就行了，其实我觉得，你的问题完全是因为你的姿势不标准，姿势对于准度非常重要，现在咱们都一身汗，赶紧去冲凉吧，一会儿该抢不到喷头了。"

四人这才嘻嘻哈哈地冲出宿舍。

2 紧急集合

新训一个月后，这些刚入基地的女兵们已经仿佛脱胎换骨，在操场上出操，军姿标准，抬头挺胸，动作整齐划一，端起冲锋枪来也是有模有样，颇有几分巾帼英雄的飒爽英姿，再没有一开始一站军姿就晕倒一大片的情景了。

高强度的训练生活，每天像上紧的发条，神经高度紧张，身体是超负荷运转。早晨 6 点天还没亮，起床号已吹响，出操，整内务，除了吃饭，全天都是在紧张的训练中度过。晚上除了开班务会，还要加班练动作……

正当大伙儿渐渐适应时，这天下午出操完毕，陆芸笑眯眯地说了一句，两眼一睁，忙到熄灯；双眼一闭，提高警惕。你们要做好心里准备啊！最近说不定有紧急集合的演练。

黑漆漆的夜晚，零星挂着几颗星星，唐玥抬手看了看表，凌晨 2 点 33 分 28 秒。

紧急集合的哨声总是在眼神变得疲惫、意识变得涣散的时候骤然响起，因此当尖利号声划破黎明的天际时，唐玥早有心理准备，一个鲤鱼打挺就坐了起来：

"快，紧急集合啦!"

其余三人本来就是草木皆兵的状态，听到唐玥大喊，连确认的想法都没有，直接从床上蹦了下来，穿衣服的穿衣服，打背囊的打背囊。

"不要慌，先穿衣服，再穿鞋子，最后打背包，三横一竖，快!"。

唐玥整理完毕，看见小齐那里还没弄好，急忙过去帮着打背包；又帮着沈昱整理武装带，弄好了，四个人才冲出了宿舍门，向楼梯口跑去。

唐玥低头看了看腕表，用了将近十分钟时间，这次批评看来是躲不掉了。

可是到了操场上的集合地点一看，她们四个人不禁齐齐松了口气，偌大的训练场竟然只有她们四个是第一个出来了，前面站着手里拿着秒表计时的陆芸和一脸阴云的马铮。

陆芸颇为意外地扫了四人一眼，看了手里的表道：

"9 分 45 秒"。

马铮略略扫了一眼站得笔直的四个人，脸色稍霁。

如此整齐的新兵，仿佛好久没见过了呢。几乎每年的第一次紧急集合，都如一团乱七八糟的战争一样，丢盔卸甲者大有人在，几乎没有一个新生能在第一次就能做得这么好，除了那些有经验的军区干部子弟偶尔还能过得去眼。

马铮不禁有些好奇扫了唐玥一眼，是她的原因吗？其她三人虽然相对也算整齐，但多少还是能看出一两处粗糙和疏漏，而她却非常完美，仿佛练过无数次一般，马铮目光再次落在唐玥身上。

15 分钟后，女兵们才陆陆续续跑了出来，一看到她们的狼狈样子，四个人忍不住想笑，有的鞋穿得一左一右错了边，有的被子卷成一个民工卷那样，背在后面，有的干脆抱着被子跑了出来，五花八门，仿佛大逃难一般。

马铮微微皱眉：

"整队，集合，报数，一二三四……"

队列还算整齐可惜军容却差了太多，马铮从这头走到那头，挨个打量一遍大声道：

"立正，现在原地跳跃30次，开始！"

随着口令声，新兵们开始原地跳跃，立刻就看出了效果。

叮叮当当噼里啪啦，此起彼伏的声音，不绝于耳。再看地上，五花八门什么东西都有，陆芸扫了一眼不禁笑了：

"你们想想，如果这样子上战场，还没打仗估计就被敌人笑死了，如果我们解放军同志都像你们现在这样，也别谈什么保家卫国了，回家睡大觉是正经。"

陆芸的口气并不严厉，但是却令自尊心不低的小女兵们，一个个都羞愧得低下了头，甚至有几个泪点低的，还掉了几颗金豆子。

"现在，给你们五分钟时间整理，整理好军容，出操前每个人在操场跑十圈，唐玥你来带队喊口号。"

"是！"

唐玥应声出列。

这次惩罚最重，却没有一个人抱怨，都乖乖整理好自己的仪容背包物品，任劳任怨地开始一圈一圈的罚跑。

十圈跑完了，唐玥和沈昱一左一右架着脚底发飘的小齐，坐到一边去休息，几个人喘息了半天，小齐才道：

"昨天晚上我还为自己适应了军训生活而沾沾自喜，今天我就恨不得干脆回家去算了，累死我了！"

唐玥瞥了她一眼道：

"紧急集合算什么，后面还有五公里越野呢"。

小齐一声大叫：

"什么，五公里越野，唐玥你不是说真的吧，我还想活着回家过年呢，不想在这里英年早逝……"

沈昱立刻打破她的侥幸心理：

"真的，估计咱们暂时不用全副武装吧。我家那个军区，我见过，都是带着枪、手榴弹什么的，负重起码十公斤，见天地跑，那些大兵们还一个个健步如飞呢。所以小齐，你不如现在就上吊还更快点，你看那边正好有一棵歪脖子树，用我们几个的背包带连成条，够你一个人用的了。"

小齐"嗷呜"一声窜过来，一下就把沈昱扑在草地上，开始呵她痒：

"你才找歪脖树上吊，你个死沈昱，就知道讽刺我，看我的必杀绝技……"

两人在草地上笑闹翻滚，引得小胡和唐玥上去拉两人，不想成了四个人集体呵痒大作战，笑声一阵阵响起，穿过两侧凤凰树的枝叶，飘向远处碧蓝的天空深处。

今天是个大晴天。

"今夜你会不会来，你的爱还在不在，如果你的心已经离开，我宁愿没有未来，今夜你会不会来，你的爱还在不在，别让我所有的等待变成一片空白……"

熄灯号响起的时候，伴着黑暗，沈昱开始哼起了黎明的《今夜你会不会来》，小胡小齐心有戚戚焉地跟着一起哼唱起来。唐玥不禁觉得有几分可笑，不过想想还真是很应景的一首歌，过去四天里紧急集合了三次，也弄得这些新兵们如同惊弓之鸟一般。

凌晨3点11分，在众人放松警惕，昏昏欲睡的时候，一声似有若无的哨声，在新兵连宿舍楼前吹响。

唐玥对于哨子和某些事物的存在感特别敏锐，在轻微的哨声吹响第二遍的时候，她就条件发射般从床上坐了起来。

第三声响起时，她彻底清醒了。

其她三个也迅速跳起来，着装打包，动作干净利落，3分钟内到达了训练场集合地点，不止她们，经过多次魔鬼训练，5分钟之内，全体新兵全部集合完毕，军容整齐，队列达标。

当马铮带着几个士官从墙角阴暗处走出来时，时间已经过去了5分钟。

"不错，你们……比我想象中的要好点。"马铮走到队列的最前方，视线扫过队列中的每一个人。

"废话我也不说了，浪费我口水，你们听着也烦。"说完，摆了摆手，看向站在一边的陆芸，"开始吧。"

"全体都有，立正，稍息，报数"

"一、二、三……"

陆芸秉持着一贯的严厉道：

"今天进行10公里越野拉动，以宿舍为单位，最后3名操场跑10圈，或是50个俯卧撑，任选其一。"

队伍里一阵此起彼伏的抽气声。

马铮视若无睹："全体都有，向右转，跟着前面的刘教导，出发。"

这是她们生平第一次10公里武装越野，艰难程度自不待言。一公里过后，她们的衣服早已汗透，每迈一步都是对体能的极限挑战。

唐玥渐渐觉得步子迈得艰难起来，呼吸跟不上，两只脚高速跑后开始发胀、全身发热，背包里的负重也感觉压得肩膀酸痛起来，手里的自动步枪恨不得丢了，好像抱着个铅块似的。

她现在最想的就是找张床铺，舒舒服服地躺下睡个好觉。

"记住要领三步一呼，三步一吸！注意调整呼吸，用鼻子呼吸……"

马铮跑前跑后地协调，一边大声提醒："分配好体力，2500米两

96

步一呼，两步一吸，4000 米一步一呼一步一吸，4500 米全力冲刺，各小队各班给我组织冲刺，争取 30 分钟内全部到达目的地！"

唐玥按照要领调整好自己的呼吸和频率，渐渐度过了假疲劳时期，经过这段时间的密集训练，她的体能也比以前大有长进了，只是缺少相应的山路越野经验罢了。马铮在一边不停提示，倒真的很管用。

风从山麓中迎面吹来，在夜色间发出了高低起伏的声响。月光很足，山上的葳岩怪石在月光下现出参差的形影。一队深绿色的身影在山麓间若隐若现。

月亮慢慢沉下去，东天渐渐露出扇面大的一丝鱼肚白，山脚下的雾气，遮没了丛丛的树影，唐玥第一次看清了基地的全貌。

"这简直就是双重折磨，集中营都比这里有人味，回头我给上头写封信投诉她们，这完全是身体上的摧残，加上精神上的折磨，他妈的，我要疯了，现在给我一把刀，我都能杀人！"

人到了极限，就是一向文雅自负有气质的小齐，都忍不住开始爆粗口。

唐玥瞪了她一眼："有力气大喊大叫不如保存体力，除非你现在就放弃，否则就只有坚持到底一条路。"

唐玥的话铿锵有力，周围的人听了都不禁为之一震，重新调整状态，继续没命地狂奔，眼看着就要到了终点，小齐这个爱哭鬼终于忍不住崩溃地大哭了起来："唔我要死了我真要死了啊我不活了……"

嘴里虽然喊着，脚下却一点也没放松，跟着前面的小齐冲到了目的地，抱着边上的一棵大树呜呜哭得凄惨无比。不知道的，还以为家里死了谁呢，唐玥和沈昱对看一眼，哭笑不得。

这个小齐真是个矛盾综合体，看似比谁都娇气，却每每都坚持了下来，哭得这么惨，依然达到了优秀的标准。两人挨个儿扫了第一个到达的四个人，一个个小脸惨白，小胡拉着沈昱在一边不停地干呕，

97

身体已经到了极限的临界点。

"怎么样，知道厉害了吧，想跑得远，就要适当分配体力，调整呼吸，咱们这是十公里越野，不是百米短跑大赛，要的是耐力和速度，只追求速度却坚持不到最后，能算合格吗，这是给你们一个教训，明白吗？"

从此，马铮多了一个绰号：摧花辣手。

3 恐怖游戏

又是一个阳光明媚的日子，阳光灿烂得几乎可以把地面照出白光来，同样灿烂的还有马铮脸上的笑容，与之相对应的，是新兵们紧张而阴郁的表情。

"昨天，让大家好好休息了一下，没有紧急集合，也没有50公里越野，为什么呢？就是为了让大家养点体力，来好好陪我玩个游戏。"马铮站在一架重型机枪的后面，大声向他面前的菜鸟们训话："游戏的内容很简单，就是个400米越障，一路爬过那些个铁丝网（电网），墙墩子（5米），泥巴沟（深2.5米），七七八八的树桩什么的，顺带炸掉四个火力点，两排流动靶，最后，把那个小土房子给我轰了你们就过关啦！"。

"简单吧！"马铮笑得十分诚恳："一次过关的人，今天就可以休息了，轻轻松松把今天要赚的分数赚着，就能去食堂领份好菜，算我请。"

陆芸的眉头动了动，心想没听说今天食堂有准备什么啊，她诧异地看了马铮一眼，见看不出什么苗头来，只得作罢。

只可惜如此诱人的条件，众人没有一个面露喜色，马铮挺无奈地叹口气："好吧，现在来说说不过关的惩罚。"

一听到惩罚二字，所有女兵们的眼睛都亮了起来。

马铮拍拍手里的机枪："从现在开始，我就是你们的敌人，是你们完成任务的阻拦者，我这把枪会随时追着你们，中枪的部位则丧失运动能力。陆教官会帮你们判断什么时候你就算是个死人了，所有被打死的，扣两分，300个俯卧撑200个仰卧起坐，然后参加下一轮。直到你跑完全程，或者，直到你彻底被扣成负分。"

"报告！"唐玥出列。

"说！"马铮满脸不耐烦，"就你话最多。"

"马教官，您所在的机枪位算不算可以炸毁的火力点之一？"

马铮愣了愣，有些愕然："哈，挺有想法啊，回答是，不算！"

"报告！为什么？这不符合实际情况。"唐玥不依不饶。

"不为什么，因为我高兴！"马铮笑眯眯的："不过，我可以给你们个特权，来打我，如果你们有这本事。"

"是！"唐玥后退一步，回到队列。

"你应该明白这世上没有免费的午餐，我可以给你这个机会，如果完不成，我要扣你十分。"

"是！"唐玥咬牙，额头上暴出青筋。

马铮藏在墨镜背后的眼睛微微眯了起来。

事实上，游戏开始后的情况是：当其他人开跑的时候，马铮的子弹就像鞭子一样跟在她们身后扫荡，空包弹打在地面上，激得尘土飞扬，只要稍稍慢了一步，便会被一枪打在腿上，马铮再顺手补她们一枪，送上西天去。

等唐玥开始跑的时候，第一次，马铮直接在起跑点上送她上了西天。

唐玥悲愤震怒的眼睛在阳光下灼灼生辉，马铮远远地向她挥一下手，迷彩遮阳帽被他折得像个礼帽那样拿在手上，在空中划出华丽的弧线，他鞠躬致谢，动作优雅，像个十足的无赖。

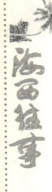

第二次，唐玥直接从起跑点上蹿了出去，一刻不停地在奔跑中变幻身形，同时举枪回击。

靠一把突击步枪对抗一名机枪手，这样的较量并不是一个不可能的任务。然而，此刻的局面却有些太不公平了，唐玥从平地上起跑，没有隐蔽没有屏障，马铮躲藏在工事中，角度绝佳。

更重要的问题是：此刻拿着机枪的人，是马铮，而端着步枪的那个，是唐玥。

她完全没有胜算。

马铮没有太欺负人，几下点射，送她再入轮回。

第三次，当唐玥手足发麻地回到起跑点上，马铮忽然开始发威，密集扫射，连续不断的子弹在唐玥面前竖起一道墙，一道不可穿越的墙，唐玥试了几次，无从下手。

"放弃吧！你杀不了我的。"马铮的声音随着枪声一起送过来。

"那么，跑啊！"

"这样跑，那是送死！"

"那就别浪费我的子弹！"马铮枪口一横，一排子弹擦着唐玥的脚尖砸在地面上，溅起的碎石子几乎划到了唐玥的脸上。

"你怕死是吗？啊？"马铮忽然从机枪位跳下来，随手拔出身上的手枪，一枪抵在唐玥眉心："你很怕死吗？"

时间，像是忽然停止了一般，整个训练场上，两个教官，20多名学员，在一瞬间凝固了自己的动作，脸上露出惊愕莫名的神色。

"你是不是很怕死？"马铮的声音忽然变得轻柔起来，凑到唐玥耳边，一个字一个字地吹进她耳朵里。

"报告！"

居然到了这种时刻还记得叫报告，马铮挑了挑眉毛："说！"

"是人都会怕死！"无论如何，唐玥的声音都还算得上镇定。

"可你是军人，军人以保家卫国为己任，当冲锋号响起，是生是死都要往前冲！"

"报告！即使是军人，也应该要避免无谓的牺牲。"

"什么叫无谓的牺牲？告诉我什么叫无谓的牺牲！你这个怕死的孬兵。"马铮的声音越来越低沉，"你根本不配做一个军人，跪下来求我，求我放过你，我会考虑不开这一枪。"

马铮看到唐玥的眼底白刃似的光闪了闪，嘴角有一丝笑，是冷笑，带着嘲讽的意味。

于是他又笑了："你以为我不敢开枪？"

唐玥没说话，只是笑意又深了点。

"没错，这枪里装的不是实弹，不过，这个距离，子弹会从你的头皮里咬进去，嵌到你的头骨里。不会死，会很疼，你有没有感觉过弹片摩擦头骨的滋味？我能让你提前体验。呵呵，你好像不太相信这枪里真的有子弹。"马铮枪口一偏，一颗空包弹打在泥土上，砸出一个小坑，只是一眨眼的工夫，枪口已经转了回来，继续抵在唐玥的脑门上。

这下子，整个试训人员一片哗然，面面相觑，不知所措。

唐玥的额头上起了一层虚汗，只是咬牙在挺，一声不吭一动不动。"真不跪？"马铮维持着瞄准的位置，退开一步，又退开一步，每退一步，唐玥的脸色就白了一分。

"恭喜你！你不用死了！"马铮笑得十分邪魅，"这个距离刚刚好，我要你一只眼睛，作为你藐视我的下场，在这么远的距离，很像是流弹哦！"

"你敢！"唐玥忽然吼道。

马铮没有说话，笑容渐渐收敛。

他会开枪！

唐玥忽然有一种奇异的感觉，认定了，他会开枪，这个疯狂的家伙，反复无常的小人、暴君！

还没等这一瞬间的恐惧滑过脑海，唐玥看到马铮的食指微挑，扣动了扳机。

唐玥拼命后仰。但是，从她看到开枪到运动神经做出反应，那一瞬的时差足够一枚子弹穿过空气射进她的身体里。

唐玥在心中绝望地悲鸣！

当她重重倒地，眼睛下意识闭牢，脑中却忽然闪过一丝诧异：没有枪声？

"可惜，没子弹了！"马铮懊恼地看了一眼弹夹，很遗憾地叹了一句，"运气不错啊，小样儿，放过你了。"

唐玥目瞪口呆地看着他，忽然像一发炮弹似的从地上弹起来，一记重拳挥向马铮。

马铮侧身避过，一手抓住唐玥的手腕一拧，便把人按倒在地："就你这么点三脚小猫的功夫也敢拿出来显摆？省省吧。"

唐玥整张脸埋到尘土里，呛得咳嗽不止。

马铮把唐玥的两只手绞在背上，从地上拎了起来，另一只手卡住了她的脖子。

"知道你今天错在哪儿了吗？"马铮的声音低沉，唐玥只觉得一边耳朵嗡嗡地响，却还是固执地坚持："我没错。"

"你没错！好，现在，向大家复述今天的任务是什么？"

"今天的任务是……"唐玥有些莫名其妙，但还是一字不落地复述完了整个障碍越野的内容。

"你完成任务了吗？"

"没有！"唐玥几乎不是在说话，而是在吼。

"为什么？"

"因为……"唐玥忽然一顿，哑了下来。

"因为你把注意力都放在了别的地方，比如说，挑衅我！"马铮把人放开，随手往前一推。

唐玥踉跄着退了两步，愤怒地抬起了眼睛，却没有反驳。因为这是事实，她无法反驳。

"你做了一个愚蠢的判断，在这样的时间这样的地点，这样的局面下挑衅我，完全没有胜算的决定，而最重要的是，这跟你今天的任务没有半点关系，解释一下你这样做的理由。"

"报告，因为在实际的战斗中敌人的子弹不会只跟在身后。"

"实际战斗中你不会一个人去冲这条路，机枪手的位置会由你的战友去压制。当你的任务是突击，你就应该专注于这个任务，实际战斗中，很可能那几十秒钟的机会需要你的同伴用生命去争取，而你却在想着你对某一个敌人的个人情绪，把注意力放在与你的任务无关的目标上。"

唐玥觉得有什么东西穿过那副黑色的镜片射到她眼睛里，令她忍不住想要转过头，然而另一种骄傲在支撑着她，属于军人的骄傲，令她宁愿直面也不肯认输。

"是我的错！"唐玥忽然道，声音平静，字字清晰。

"你没喊报告。"马铮的声音里有点懒洋洋的不耐烦。

"报告，我要求放弃击杀您的任务。"

"认输了？"

"是。"

"五分，陆教官，帮她划掉。"

"另外，你之前失败了三次，还有六分……"

"报告，我第三次没有起跑，不能算失败。"

马铮笑了："不错，反应挺快，四分，陆教官，划吧。"

唐玥收拾好自己的枪，准备重新回到起跑点。

"急啥！我话还没训完呢。"马铮一伸手拦住了人："这只是你今天最重要的错误，现在来谈点次要的，我刚才让你跪下的时候，为什么不跪？"

唐玥愕然抬头，眼中有无法掩饰的震惊。

"捡起来。"马铮把手枪扔到她面前，然后指指自己的眉心示意她瞄准。

唐玥一头雾水，却还是机械地举起了枪，眼神却在一瞬间平添了几分淬利。手中有枪的感觉毕竟是不一样的，尤其是当这把枪的枪口正对着此刻你心里最痛恨的人，即使明知道这枪里已经没有子弹。

"架势挺足嘛。"马铮上前一步，贴近枪口，正色道："记住，管好你的枪，你要杀我。"

然而话音未落，马铮的身影忽地一矮，唐玥下意识地开了第一枪，但枪口前已经没有目标。她没有捞到机会开第二枪，马铮一手抄住了她握枪的手，手指卡到了扳机扣里，另一只手横肘撞上唐玥的胸口。

只是眼睛一花的功夫，如果有人在这时候眨了一下眼，一定会诧异，为什么上一秒钟枪还在唐玥手里，下一秒形势完全倒转：马铮贴在唐玥背后，一手卡住了她的脖子，另一手持枪，枪口抵在她的太阳穴上。

"这招，格斗课上应该已经教过，如果你刚刚选择跪下来而不是愚蠢地硬撑，至少还可以拿这个对付我。"马铮掰过唐玥的脖子，贴在她耳边沉声道，枪口从额角滑下来，贴到耳侧，炽热的气息和铁器冰冷的感觉交错在一起，长久地留下了痕迹，包括马铮当时所说的每一个字："我不知道这世上有多少傻瓜拿枪顶着你的脑袋，会不一枪崩了你，而只是想让你跪下来给他磕个头。不过万一要是走狗屎运碰上了这种傻子，我求你千万去给他磕这个头，然后，把枪抢过来。"

马铮猛地在唐玥的腿弯里踹了一脚，唐玥膝头一酸，支撑不住地跪倒。

"把你的腿弯下去，但是……这里……"马铮指了指心口："不要屈服！"

"必死者，可杀；必生者，可虏。不怕死是好的，可我不喜欢找死的蠢货，收起你的聪明劲和无谓的骄傲，我不需要这些。"

"起来。"马铮把人放开，随便踢了一脚，唐玥只是机械而木然地立正。

马铮挑眉看了看她，头一偏："回去完成你的任务。"

"是!"唐玥的声音干脆生硬，掷地有声。

马铮走回机枪点抬头扫了陆芸一眼，陆芸心领神会："马教官，我替一会。"马铮点点头，随手解了武装带，绕到工事背后去。

刚刚的一场变故敲山震虎，把所有菜鸟都给震了，秩序好得不像话，一个个不要命似的狂奔猛冲，唐玥一次性完成了任务，当然陆芸的枪法不如马铮那是一方面，而另一方面更重要的是，属于唐玥那账面上也没几分了。

这10分扣得，我都为你冤啊! 陆芸撇着嘴，一边把子弹扫得更急了些。

马铮比较喜欢猫着，后背贴在一堵确定可以承重并抵挡子弹的墙上，身体介于一种似乎是在休息又随时可以弹起的状态。

当最后一名学员以相当惨烈的姿态完成了任务，倒在一边继续完成他们积攒下来的那成百上千个俯卧撑和仰卧起坐时，陆芸也得闲溜到马铮旁边去同猫。

马铮已把墨镜拿了下来，眯起眼睛看向天空刺目的太阳，阳光从他挡在眼前的手掌缝里漏下来，把他的瞳孔映成两半，一半金黄，一半纯黑。

"马教官，你今天下手够黑的啊!"陆芸陪着马铮一式一样地猫着，随手划拉地上的土。

"心疼啦?"马铮嘻笑。

"那姑娘不错，我挺喜欢的，这么耐抗的新兵我还是头一回见。"

"是不错，我也挺喜欢的。"马铮大方承认道，忽而口气一转：

"不过不知她还能坚持多久，我对她的标准早偷偷提高了两档。"

"哟，马教官，长进啦，这损招都用上啦。"马铮笑着一肘挥出去，陆芸同他对了一招，顺势一个侧翻，跳起来扑扑身上的土，笑道："我回去看女娃们了啊。"

"滚吧滚吧！"马铮故意恶狠狠地嚷道。

等所有惩罚做完了，基本上也到饭点了，马铮一手拎着记分册，大摇大摆地从他的藏身之所走出来。

"不错，今天大家的分都扣了不少，再这么下去，过不了几天，我就可以休息了！列队，目标食堂，给自己整点食吃，今天晚上好好睡！"马铮眨了眨眼，那双黑眼睛里射出来的光，绝对是不怀好意的。拼死拼活一天下来，所有人早已满脸菜色，食堂这两个字代表了他们此刻的最高梦想，任何明的暗的辱骂恐吓都被大脑自动忽略。

马铮看到唐玥一直紧绷的脸上也有了一丝松动，忽然笑了，高声道："唐玥！"

"到！"唐玥条件反射似的出列。

"你今天打了我一拳，当然啊……没打着，本来想就这么算了，可是这样一来，我这教官的脸就有点挂不住……"马铮挺诚恳地看着她，像是真的在与她商量着什么："不如这样吧，扣五分，给我个面子。"

唐玥没出声，只是嘴角的咬肌绷起了一条线。

"不想扣分啊……"马铮的神色越发的温柔可亲："也行，谁让我这人心软呢，那么1分5圈，25圈！给你个机会，把这5分给赚回来，你选哪个？"

"25圈！"唐玥毫不犹豫的。

"那好，现在就去吧！"马铮头一偏。

唐玥身体一僵，但马上起步出发，奔着操场而去。

"别那么急，在跑道边上先等着我！反正跑再快也赶不上吃饭了。"马铮在她背后大吼了一声，唐玥没停，反而跑得更快了些。

马铮又交代了两句，便由陆芸带队，把这帮蔫菜叶子给拎走。陆芸经过他面前的时候，伸手在脖子上作势划拉了几刀，轻声笑道："好歹给人留口气，别整死了！"

马铮作势欲踢，陆芸自然蹿得像豹子一样快，一溜烟地往前面去了。

等马铮溜达到操场的时候，唐玥正在跑道上拉筋做准备活动。

"跑吧，还等什么呢，跑完，我好去吃饭。"马铮在主席台的边上坐下，从口袋里摸了根烟出来，开始抽。

唐玥马上拔腿开跑，只听见背后有人在嚷着："哎，我说，别停啊，就算是爬也给我爬下去。"这话忒狠，像鞭子似的一抽，唐玥又跑得快了些。

金乌落沉，暮色四合，整个基地变安静了下来，远处的人们都列着队往食堂去，操场上只有一个灰黄色的身影在奔跑，枯燥地奔跑着。

马铮坐在主席台的边沿，一条腿屈膝抱在胸前，另一条腿便这么晃晃荡荡地垂着，陆战靴早就被拔了下来，扔在一边。挟烟的手搁在膝盖上，偶尔抽一口，袅袅的蓝烟模糊在暮色里。

倒算是很能跑，10多圈了，速度不快，但是很稳定。从一开始的20公里越野吐得晕天黑地，到现在，她的体能上升得很快，是个具有坚韧品格的孩子，马铮在心里打着分。

虽然个性略显孤僻，好在内心博大，勇于发现并改正错误。是个难得的具有怀疑精神却不偏执自我的人。

我想对你更负责一点，看着那道身影在艰难却坚定地前进，马铮脸上有一丝隐约的笑意。

太聪明的人，容易轻率，因为一切成绩都得到的太容易，可惜真实的战场残酷而平等，子弹不会因为一个人的智商就绕道走，用轻率

的态度面对生死，越是无畏越会送命。

必死者，可杀；必生者，可虏。

我可以靠我的技术杀掉狂言生死的人，用我的勇气俘虏贪生怕死之辈，只有珍爱生命并郑重对待的人才能成为真正的勇士。

这是一只才刚刚起飞的鹰，马铮很高兴可以在她人生路上帮她加一把劲。

那会是个值得的孩子。

虽然在那个时刻，马铮还不知道，她会有多值得。

4 棋逢对手

马铮自顾自地走了一会神，再抬头却惊讶地发现操场上没人了。

"不会吧！"马铮心里嘀咕着，一边穿了鞋跳下主席台，绕着操场走了半圈才看到一个脏兮兮的泥猴子正在地上爬。马铮顿时笑了起来，跑了两步跑到她身边去。

"报告教官，我没停！"唐玥听到背后有脚步声，马上分辩道。

"没事，爬吧！"马铮笑嘻嘻地跟在旁边走，像遛狗似的。

唐玥大概是累得狠了，饶是如此折腾都没能让她爬起来跑，又过了一会，马铮倒有些不耐烦了，问道："还有几圈了？"

"四圈半。"

"哦，"马铮伸手看看表，"我说，再快点成吗？厨师快下班了，别害我吃不上饭呀！"

唐玥咬了咬牙，双手用力撑地爬起，跟跟跄跄地继续往前。

"跑快点！"马铮跟在他背后，时不时地用语言刺激一下，最后那四圈半居然跑得比中间那段还快了些。

唐玥一摸线人就瘫了，大字形倒在地上，马铮怕她抽筋，不停地

在她腿上踢来踢去，骂道："起来，才跑那么点路，至于吗？"

才跑那么点路？唐玥已经累得没心思同这恶魔争论了。

是的，25 圈是不算什么，可是再算上今天这一整天的运动量呢？

马铮见她呼吸已经平复得差不多了，便揪着衣领把她从地上拎起来拖着走："走吧，陪我去吃饭。"

唐玥无力反抗，只好拼命硬撑，用已经软得像豆腐似的两条腿来跟上马铮的步伐。

基地伙食一向很有水准，教官的小灶就更不必说了，马铮号称他累了，汤汤菜菜点了好几个，啤酒送过来时他随手一握，高声笑道："王师傅，不够冰啊，这温吞吞的不痛快啊！"

王师傅笑骂："过来换！"

菜很香，馒头也很香，啤酒的气味更是把干渴这种比饥饿更难熬的折磨也勾了出来。唐玥慢慢蜷起身体，闭上眼睛忍耐胃部的抽痛，喃喃自语：这猪狗不如的人生！

"唐玥，只要在合理的规则之内，我其实挺欣赏你这种不惜与我斗智斗勇的劲头。我知道你们那屋喜欢时不时顺俩包子回去备着，不过你放心，今天有陆教官在，你们屋几位，长八只手也没办法给你带回去一粒米。"

合理规则之内？！

任平日里的唐玥再如何温文尔雅，这会儿都想骂娘了，去他妈的合理规则！

"另外，看在你今天这么辛苦的份上，给你透个风，明天 15 公里武装泅渡，我打算在终点处烤一只兔子，先到先得。别这么瞪着我，你没事，我还不知道吗？这茬兵就数你最能游了。"马铮拎了杯啤酒，居高临下地看着她，笑容和蔼可亲到欠扁的地步，"不愧是大竹岛上长大的。"

最能游？唐玥都快哭了，以她现在这种身体状态，明天不在半道

上淹死，就已经命大了。

"小鬼，别拿这种眼神看着我，你这样会让我觉得我在虐待你。"马铮很无辜地叹口气，转头继续吃饭，还拿着雪白的大馒头逼迫蹭到脚边的多多啃下。多多身为一只狗，自然有狗的坚持，摇头摆尾地终于把这只淡而无味的非肉类食品踢到了桌子底下。

唐玥深深地被那一片雪白刺透，愤愤闭上了眼睛。

马铮一脸严肃地与多多湿润而无辜的圆眼睛对视良久，最后叹气说："你看，现在怎么办？本来我还可以帮你吃了它，但是现在你想不吃都不行了！"

多多伏下身子呜呜叫了两声，忽然从桌子上蹿下去，叼起大馒头递到唐玥跟前。

唐玥一时没反应过来，不知如何拒绝这份来自非人类生物的友情馈赠，只能目瞪口呆地僵硬着把馒头接过去。

马铮哈哈大笑："哎，唐玥你饿不饿？承蒙它这么看得起你，你要觉得饿，就吃了吧。"

你……这刺激大概真的太大了点，唐玥居然一下子就坐了起来，用一双清亮逼人的眼睛直愣愣地盯住马铮，马铮被那束目光刺得略缩了一下，心道：嗨，丫头，别拿这种眼神看着我，我会内疚的。可是想归想，说出来的话却只有更加的欠扁："怎么？不饿吗？"

唐玥咽了口唾沫："你什么意思。"

"没什么意思，只是觉得浪费不太好。"马铮笑嘻嘻的，"你又忘记说报告了，另外，和教官说话要用尊敬的口气。"

唐玥像是被人打了一闷棍，只是瞪着，一字不发。

"真不吃？"马铮低头看唐玥，眼神有一丝探究的意味，慢慢靠到她耳边："明天 15 公里武装泅渡，你不吃，确定可以游过去吗？"

一个馒头，约合 50 克碳水化合物干重，约合蛋白质……

唐玥努力想把眼前这个灰扑扑的东西看成某种单纯的营养组分。

马铮一仰脖，把杯子里的酒喝尽，叹口气，起身便走。

"你错了！！"唐玥的声音在他背后响起。

马铮诧异地转过身。

"我知道你想干什么，知道你想达到什么目的，但是方法错了，不应该是这样。我能吃下去……"唐玥抓起馒头塞到嘴里撕咬，声音便有些含糊起来，"比这更恶心的东西我都可以吃下去，只要那真的有必要，只要是为了正确的事情，为了希望和理想。"

唐玥目光灼灼地逼视着马铮："我本以为你首先应该是个教官，而不是我们的敌人，你本应该代表那些美好的东西，而你却以剥夺它们为乐，你让我失望。"

马铮沉默下来，幽黑的眼睛里，有束细小的光芒略闪了闪。

她说她失望了！

马铮一愣，在他的人生中曾经听过无数严重的指控，可是此刻这句简单的失望却让他忽然感觉到不安，他有些冲动地走到唐玥身边去，弯腰，在她手上那只脏兮兮的馒头上咬了一大口。细碎的砂尘硌到了牙，咔咔作响，马铮用力下咽，把那口混着尘土的馒头全吞进肚子里。

唐玥被惊到了，困惑地问："您这算是在证明自己吗？"

"你觉得我在逼着你们放弃？那些你所谓的美好的东西。那是什么？尊严？理想？跟我说这些不觉得酸吗？你写小说呐？不，小鬼，如果那些真是你的希望与理想，记住，你的！那就是你生命的意义，赖以为生的根本！那么重要的东西，你现在说为了我就放弃？你会吗？你的理想就他妈这么浅薄？"

唐玥想说不会，可是……

"我只是在剥开一些东西，让你能看清根本。"马铮在唐玥身边坐下来："你怕死吗？"

"当然怕。"

"那么，在今天之前，你有想象过什么叫死亡的恐惧吗？"

唐玥的眸光一闪，没有说话，倒是低头又咬了一口馒头。

"你今天经历的根本连最低档次的危机都算不上，可是你选择了什么？你的判断正确吗？"马铮微微侧过脸去看他，只是一道掠过面前的斜斜视线，唐玥已经感觉心虚，辩解道："我不是不懂得变通，我只是觉得……"

"觉得这种事不应该由我来做！对吗？那么该谁来做呢？有谁会让你觉得恐惧，却放你一条生路？"马铮微笑，"在你心里，教官应该是个美好的形象对吗？代表光明的希望和理想，这军队的荣光和温暖。不，不是这样的，那只是你一厢情愿的想象。我是你的教官，不是你的连长，指导员，更不是班长。我不会哄着你，宠着你，拉着你往前跑，因为如果选择了跟我走，这条路的终点不是全军大比武，而是真实的战场，到那时，你真的会死。"

马铮转过头，直视唐玥的双眼："相信我，我不要的人，都是为了他们好。连这么点挫折都不能承受，却跟我妄谈理想。"

唐玥有些愣愣地看着这双在一瞬间变得光彩焕然的眼睛，马铮没有继续说下去，可是那双黑眼睛里明明白白地写着：丫头，你还太幼稚！唐玥看着他站起身，笔直地往前走，不知怎么的就选择马上爬起来，跌跌撞撞地跟在他身后。

马铮一路把唐玥领回了菜园子，临走到门口的时候，唐玥又叫了当天最后一次报告。

马铮喝了一声："说！"

眼神却是凶狠地威胁：你敢再啰嗦试试。

可是唐玥郑重而又倔强地迎上了马铮的目光，回复了她一贯的，不卑不亢，清晰却并不响亮的音调："我仔细想过了，我相信您刚才说的是实话，我也相信您的本意是好的，但我坚持认为您用错了方法，我能理解您，但不代表所有人都能理解。一个让学员失望的教官是没有价值的，靠愤怒建立起来的队伍也是没有战斗力的。"

马铮双手背负、跨立，下巴微挑，似笑非笑的神情，尽显骄傲姿态。

唐玥只觉寒气四起，切肤彻骨，不过她骨子里的骄傲足以支撑她把话说完："可能现在的我在您眼中看来没有与您平等对话的资格，但是你要明白，你我的等级与身份都只是一种标签，标签下面藏着思想，你不应该轻视它，因为它超越一切。"

马铮不以为然地掏掏耳朵："我感觉想法儿这玩意儿谁都有一个，你的我的，不是你给它贴个标签那就无敌了。事实上，就我的想法儿，我还挺不能理解你有什么该愤怒的。"

唐玥失笑，笑容柔和，完全的下风，却有从容的态度。马铮不由自主地眯起眼睛，观察她。

唐玥说："的确，我目前的视野有局限，而您也真的很会说话，并且在一定程度上说服了我，我会重新审视您，还有……您的想法。但是您强大的说服力同时也在蒙蔽自己的双眼，我想说服我赢过我对于您来说应该并不重要，而重要的是怎样让事情更好。您太自信了，或者应该说，太强硬，这样不好。"

马铮挑了挑眉毛，神色自若："说完了？

"目前为止，是的。"唐玥不自觉戒备警惕。

"哦！"马铮转身扬长而去。

唐玥有种一拳挥空的挫败感，空荡荡的失重，她本以为马铮会有反击，可是直到那抹背影完全消失在视线中她才想通，马铮不必对她反击，因为她无足轻重。

唐玥在夜色中咬紧了牙。

马铮大摇大摆地往回走，可是此刻如果有人在他身边仔细观察他的神色，便会发现他额角在隐隐暴着青筋。

靠！

马铮强忍住一脚狠踹把这小混蛋从一楼踹上五楼的冲动，把步子走得潇洒流畅。

阴沟里翻船了！

马铮痛心疾首，千年的老狐狸了，一朝竟被这么个小丫头破了功？事实上直到转身那一秒，马铮才陡然在今天这倾斜的事态中找回自己的位置。是的输赢不重要，即使现在他仍然压得那丫头不得翻身那也不重要。当唐玥站到他的对面发出声音，当他们开始认真较量与比较，唐玥就已经赢了。

我怎么会给她这种机会？明明还不到那个时候！马铮百思不解。

可偏偏不知怎么的，当时看到唐玥冷静逼视而来的清朗目光，他居然就是忍不住有种冲动要为自己辩白，想要解释，面对那双清亮逼人的眼睛，心中有一种复杂的渴望在催促：说服她，让她懂！

想要证明，证明自己，证明他从不苛刻，证明他从来没有站到他们的对立面去，没有，从没有……

一直以来他的愿望都是如此，想要和他们在一起，出生入死，同生共死！

岂曰无衣，与子同泽，王于兴师，修我矛戟，与子偕作。

岂曰无衣，与子同裳，王于兴师，修我甲兵，与子偕行。

可是怎么会这样？他明明是从来不在乎被误解的，尤其是，被新兵！他一直相信只有真实的枪林弹雨，真实的尸体与鲜血才能教会他们生存的本质，抹去所有虚伪的矫情，而在那之前，他需要锤炼出最坚强的身体去面对。

马铮一路思索，忽然身形一停，沉声喝了一句："出来吧！都跟了一路了。"

路边的树丛里闪出个人影，陆芸似笑非笑："马教官。"

马铮看陆芸那辆越野车正停在路边，手上一撑坐到前脸上："说吧，跟着我干吗呢？"

随即无奈："我说，你还真怕我把人给整死了？"

陆芸笑得狡黠，眼神中流露的信息是：对！很怕！

"马教官，那小丫头挺可爱的，能留下吗？我挺待见她的。"陆芸不依不饶。

马铮有点心不在焉："放心吧，那丫头留定了，只是留基地还是进特种兵的分别。"

"我觉得她能撑得住。"陆芸忽然很笃定地说道。

马铮笑了笑，心道：是啊，我也这么觉得。

沈昱见唐玥久久不归正在屋里担心，一听到门响就从铺上跳下来，打照面看到胳膊腿齐全，暂时放下心，冷不丁却听到唐玥迷迷糊糊地问了一句："你们有没有想过，咱们的马教官可能也是个好人。"

沈昱这一记吓得不清，抬头摸唐玥的额头：这娃儿莫不是被打傻了。

"哎，哎……"唐玥把她的手拉下来，"我是说真的，其实，他应该也是为咱们好。"

"你，这……"沈昱退后一步，皱眉想了一会儿："那，那个……你是不是得了那什么斯，斯什么的……"

"斯德哥尔摩综合症。"唐玥擦汗。

"啊，对对，还是你有文化。"沈昱头直点。

唐玥长吁一口气，摆摆手，算了，睡觉吧，明天保准又会是一个好日子。

"哎，你饿不？"沈昱在上铺敲她的床。

唐玥翻身用被子顶住自己的胃："还好，有吃的没？"。

"没有了。"沈昱很沮丧。

"没关系……"唐玥睁大眼睛看窗外已经漆黑如墨的夜，沈昱在上铺翻身，被窝里传出几声机杼的轻响，唐玥诧异地唔了一声。沈昱

解释说今天晚饭后陆芸要求她们都带枪回来睡觉。

唐玥眼前一亮忽然一拍床铺说："对啊！"

"啥？"沈昱困顿地搭腔。

"没什么！"唐玥咧嘴笑得很开心，明亮的大眼睛在黑暗中闪闪发光。完了完了，我果然是傻了！唐玥把脸埋进被子里，这么些年的书都白念了，还真逮着谁都说理想说人生说光明说希望，你以为这是在写小说么？这些东西都是用话说的么？

没吃过猪肉还没看过猪跑也，基地的全套训练教材都发放到每人手里了，你明明都看过了，怎么能到现在才回神呢？

这样你就受不了吗？

唐玥？？

就这，你就觉得自己很厉害了吗？

鹭市的星光总是特别闪耀，唐玥出神地看着窗外的星空，心中再一次有了豁然开朗的感觉：原来第一局我都不曾输，原来战斗还未分成败，我当努力奋进！

5 深夜密训

熄灯号响了以后，营区一片寂静。

只有天空中的星星和地上的哨兵还醒着。哨兵正在换岗，不时传来长长短短的口令对答声。

唐玥借着树木的暗影，来到营房的围墙下，两腿发力向上一纵，脚尖在墙头一点，越过墙上的铁丝网，无声地落到墙外，快步跑向50米外的一片树林。杂草丛生的林中有一片十步方圆的空地，地面已经踩得石板一样坚硬。

下周是新兵的阶段成果汇报，很多军区的大首长这次都会来，唐

116

玡作为领队，正在充分利用业余时间加紧练习着。

寂静的山林，哪怕有一点风吹草动，都很容易让人察觉，就在唐玡刚踏上空地时，一个黑影突然在离她约50米的前方晃了晃，一闪而过。

唐玡一下子绷紧了全身的肌肉，手摸到腿部绑定匕首的地方，猫着腰向黑影晃过的地方慢慢挪去。

刚靠近目标点，黑影突然从唐玡左侧的大树后面蹿了出来，唐玡下意识地抬腿侧踢出去，眨眼间与黑影过了三招，就在唐玡想要拔出腿上的匕首进行攻击时，黑影一手按住唐玡的肩膀，以手为刀将她手中的匕首震落，反身侧压，将她死死扑压进草丛里，两人的争斗不过眨眼的功夫，唐玡就被那个黑影缴了械，制住了手脚和嘴巴，身上的重量更是表明，她正被一个至少120斤以上的人紧紧压着。

"擒敌动作不错，就是力度不够，应该加强力量训练。"压着唐玡的人靠在她耳边，小声分析着她的不足。

唐玡的身体僵了僵，不知是因为靠在她耳边的呼吸，还是声音非常熟悉的关系，她动了动脑袋，示意来人放开她的嘴巴。

马铮明白了唐玡的意图，慢慢放开了手。

唐玡这才认出了马铮。起身立在原地，从草丛中摸回她的枪和匕首，所用东西归位，握着有些酸疼的手腕，她若有所思地扭了扭腕部："力量训练？"

"看清楚了，我只给你做一遍！"

马铮微微活动了一下身体后，向左面宽敞的地方移动了两步，立正，身体向左转，右脚后撤一步，两脚略成八字形，屈膝，两手握拳前后拉开，左臂弯曲，拳与下颌同高，拳眼向内上，右拳置于腹前，拳面向上，自然挺胸收腹，摆出了一个起手式。

这个起手式让唐玡一愣，这正是她最近正在疯狂练习的军体拳啊！

不得不承认，马铮打出的每一拳，每一腿，每一个动作，每一个力度，甚至每一个眼神都是如此到位。那股刚强和一往无前的气势在他的身上体现得淋漓尽致，整套军体拳在马铮的肢体上得到了最完美的诠释。

"在我的搏击生涯里，我所学和所用的都是从军体拳和擒敌拳里演变出来的。"马铮边打边说，"我知道这些说出来信的人少之又少，大家一直以为我有什么秘诀，或者什么高招，其实什么也没有。就是这简单的三十六式里找寻制敌之法。对于很多人来说，军体拳和擒敌拳都是些没有用的花招，甚至说摆设，更甚者说是表演。但对于我来说，它们代表了我搏击的全部！"

说着，只见马铮在预备姿势的基础上，两臂迅速前摆，随即左后转身，右脚向左摆，以左臂、右脚掌、体侧着地，右臂上挡护头，两腿弯曲成剪式，侧身着地。

那种流畅和力道真是完美的无懈可击。

"唐玥，有信心做到像我这样吗？"

唐玥立正大声道："有！"

马铮点点头。

"不论你信也好，还是不信也好，这就是我全部的一切。军体拳代表的阳刚，追求一招制敌！擒敌拳代表阴柔，讲究制敌取胜！简简单单的十六式里，每一招，每一式全看你自己怎样运用和理解。军体拳和擒敌拳的套路和融合也要看你自己，两者完全没有任何的矛盾和排斥，就像阴阳，是互补的。不信的话，我们可以试试！"

"配合我示范几个格斗动作。"马铮朗声道，强壮高大的身躯迅即向唐玥移动。

"是。"唐玥领命，还没等她做好准备，马铮矮身抬腿一个侧铲，直袭唐玥的腰肋处。

"当对手的先天条件比你强时，你必须在投入战斗前就做出预判断，速战速决是战斗的关键，比如你……"马铮的话还没说完，就被唐玥钳制住了手肘，膝盖处受到她反脚侧踢的狠力。

下一秒，马铮便以抛物线状飞了出去。

马铮在地上滚了两圈，动作连贯地从地上弹跳起来，一脸凝重地看向唐玥，并向她走去。

"慢动作再示范一次。"

"是。"唐玥将刚才的动作拆开分解，马铮这才看清她刚才将他扔出去的动作，有点类似于太极的四两拨千斤。

马铮一边配合唐玥分解动作，一边抓住唐玥的手放到他的手肘上两寸处，指点道：

"如果放在这里，可以让你用更少的力，将我甩出更远的地方。"

唐玥恍然大悟："人在受到钳制时，都会条件反射地用力摆脱，然后就可以借用这股力量，给予更有效的打击。"

"哈哈，不错不错，孺子可教啊！"马铮哈哈大笑着伸出'熊掌'猛拍唐玥后背，由于高兴而没有刻意控制力度，差点把唐玥拍得吐血身亡。

"什么招式都是看你自己用，军体拳和擒敌拳并不讲究先发制人，都是后发。我一般都是在把握了对手的一切后，才出招。你要明白，越是简单的东西，也越是实用，也是复杂的招式，你的敌人还没有攻击你，你自己就先把你自己累死了！"

"不论什么样的招式和套路，它都需要一个足够强壮和灵活的身体来支撑。如果你的招式再精湛，而没有力量和速度，那你的招式再漂亮都没有用。"

"是！"

马铮看了看天色，说，"开始你今天的训练吧，林子里有五只沙袋，每天击打踢腿一百次，去吧！"

"是！"

119

　　小树林其实就是由五棵茂盛的大树构成的，它们成"田"字排列着。粗壮的树身需要两人合抱，厚厚的枝叶把大树压得都抬不起头而不得任其向四周扩张，远远望去就像一朵盛开的梅花。每棵树上都吊着一只高低不同的沙袋。

　　马铮抚摸着五只沙袋，眼里有许多说不出的情感。他看向身后的唐玥说："以后你每天的基础训练完成以后，都要在每一只沙袋上进行一百次的出拳和踢腿，懂吗？"

　　唐玥点点头，指着那只最高的沙袋，"那个我怎么踢？"

　　以唐玥目前的身高，那只沙袋底端都和自己头顶一般高了，怎么也不可能踢到的。

　　马铮什么也没有说，看着那只沙袋向后退了几步，猛地发力冲向那只沙袋，在还有三步的时候突然起跳，右腿跟着冲出。沙袋上发出一声沉闷的响声。

　　落下来后看着唐玥："会了吗？"

　　"这里的每一只沙袋都有不同的作用，也是配合擒敌拳和军体拳的招式和动作而演变出来的，你自己好好和它们接触接触就知道了。"马铮说着顿了顿，看着五只沙袋，"每天在完成基础训练后，把擒敌拳和军体拳完整的打一遍，其中的奥妙就看你自己的体会了。"

　　"是！"唐玥应了一声，走到最合适的那只沙袋前，猛地击了一拳，沉闷的声音让唐玥的拳头定格在沙袋上面，而沙袋却一动也不动。紧跟着她面部表情越来越痛苦："这是什么沙！"

　　"对了！忘了告诉你，沙袋里装的不是普通的沙子，而是铁砂！你出拳和踢腿的时候，自己多注意了。"

　　接着，只见马铮熟练地握住枪套一转，就是一个标准的射击姿势，唐玥不禁有些傻眼，马铮扫了她一眼道：

　　"手枪和步枪不同，有诀窍的。你单手握枪后，用非握枪的手握住枪管部份，把枪把推到握枪手的虎口中心，用手掌找到舒服的合适位置，然后握紧。正确姿势应该是：握住枪，垂下双手，处于准备姿势，枪口垂下40度，然后迅速举枪指向目标。如果不是基本瞄准目标，说明握枪的姿势和手腕角度不理想。这么反复练习，直到能够举枪便指向目标而不需调整位置就算达标了。"

说完递给她道："你试试。"

唐玥按照他说的试了试，果然轻松稳当了很多，马铮笑道："受先天所限，女兵的腕力和臂力不大，要想达到单手握枪，你要着重练习腕力和臂力才行。"

"手枪的使用，你已经学得很到位了，手枪的分解与结合速度，也不亚于一般专业枪手了。现在所差的，只是练习了。"马铮说道，"你目前要加紧练习的叫做连续快射。"

"连续快射？"

"对。所谓连续快射，就是手枪对准同一目标进行不间断的连发节奏的射击。这种射击方法是手枪实战必须掌握的一种战术，同时也是手枪比赛的重要技巧。不过，它却是经常被人忽视的一种技术。我们说到枪法，大多是指精确射击。也就是在相当远的距离中对环形靶射击，以命中的环数作为成绩。这种精度射击在我看来对于手枪实战的价值也就是一个基础练习。而它本身跟手枪实战并没有什么关系。"

马铮淡淡说着，略微顿了顿，才继续道："除非你用手枪执行枪决，否则没有任何目标会像靶子一样站在那里给你去打，而且以环数区分效率。所以手枪的实用枪法，应该是近距离连发射击的命中精度，只是，遗憾的是许多需要用到手枪的军警部门，到今天还用精度靶射击作为手枪训练的全部和衡量人员战术水平的标准。它造成的恶果就是血的代价。"

唐玥心服口服。

"许多初次进行快射的人都有一个误解，那就是，第一发之后，

121

赶快再次瞄准，或者，快速恢复原来的指向，然后再击发。这都是错误的，如果采取赶快瞄准的方法，不论你怎么努力，你枪都打不快的。因为瞄准的动作太复杂，你的身体必须把光学信号变成电子信号，经过大脑运算，然后通过神经系统收缩肌肉……那绝对不是快射。如果第一发后，你试图快速恢复原来的指向，那枪是可以打快的，但是后续的子弹打得着打不着就听天由命了……"

"所以真正的办法是，既不试图瞄准，也不人为恢复原来的指向。而是凭着肌肉的感觉恢复原来的瞄准线？"唐玥猜测道。

马铮面露赞许："聪明！"

"擒敌拳预备——"

唐玥的口令一出，女兵方队齐齐动了起来。身体向左转的同时，右脚后撤一步，两脚略成"八"字形，屈膝，体重大部分落于右脚；两手握拳前后拉开，左臂弯曲，略大于 90 度，拳与下颌同高，拳眼向内上，右拳置于腹前，拳面向上，自然挺胸收腹，目视前方。

马绍辉眼中露出一丝兴味，这套军体操擒敌拳女子练起来却有些难度，主要摔打的硬功夫比较多，女子毕竟弱一些。可是正前方的这个小丫头，便是连挑剔的马绍辉都挑不住丝毫毛病，推击弹踢，防上勾下、马步侧打、防下直打、等等一连串的动作利落而出，流畅熟练。

客观来说，后面方队的女兵们还是有点不够标准，拿不住要领，但是这么短的时间内能练到这种程度，对于先天弱势的女兵来讲，已经很不容易了，但是前面领队的这个唐玥，却真的有点出乎各位首长的意外。

唐玥干净利落的动作，敢摔敢打的勇气，给各位首长们留下了深刻的印象。一个标准的侧摔动作，全部结束了。主席台和后面的全校师生响起了雷鸣般的掌声。

6 告别新兵连

入夜，月朗星稀，熄灯号过后，基地内部一片寂静。

马绍辉站在窗边抽完一根烟，看着对面寝室楼一下子暗下去，回到桌边开始看文件。

前几年台海局势剑拔弩张，上面终于拍板，确定需要一个可以在任何时刻都最可靠的存在。鹭海凭着这些年彪炳的优势从无数基地中脱颖而出，走上了成为东海之滨最可靠的屏障之路。

马绍辉记得文件下达那天，除了几个值班的，大家都喝了很多酒，一个个都心潮澎湃激动不已，感慨万千：鹭海赶上了好时候。

马绍辉又叼上一支烟，拿起基地选训女兵的简历慢慢翻看。

这是第一次真正意义上的跨军区、跨军种的海军女子陆战队选拔，这几个月来马绍辉一行东挖西撬，几乎把大半个东南沿海的精华尽收一室，每一个人的履历都堪称华丽，这些人意味着中国的未来，神州大地今后的荣光！

马绍辉一个个看过去，不紧不慢，翻到唐玥的时候略顿了一会儿，回想起马铮说的种种。

那是个有理想的孩子，一双眼睛生机勃勃，挟着一份傲人的简历，顾盼之间神彩飞扬，马绍辉毫不怀疑她对梦想的渴望与对希望的执着，只是……

边思忖着，马绍辉边捞起了电话。

鹭海基地。

"铃——"

急促的电话铃声把马铮生生拔出了梦境。

123

抓过电话，听筒里立刻响起了马绍辉急促的声音：

"儿子，你给我带的兵怎么样了？"

马铮立正站好：

"一切顺利，马上就要进入野外生存训练考核了……"

根据马铮即时反馈上报的进度表，唐玥的优秀，让马绍辉无比震撼。

天生就是一个将才，惊人的单兵作战技能，优秀的领导能力，掌握大局的稳重作风，最难得的是她并没有因为出色的成绩而骄傲。她成熟稳重，仿佛心有百窍，从不冲动冒进，困境中也不见丝毫恐慌，假以时日，真不知道还有什么样的成就。

"来不及了，上面急着要人，提前选送天鹭特训营。"

马绍辉直奔主题。

马铮一愣，随即神色一凛：

"是！"

新训总教官马铮和所有负责各班排的教官站立在训练场上。

陆芸问："要吹哨子了吗？"

马铮抬手就着路灯看了下表，凌晨两点半，点点头说："吹吧！"

陆芸右手拿着哨子往嘴里放，"嘀"的一声，哨声在这深夜的军营里十分突兀的响起。

尖锐的哨声响起之际，唐玥警觉地睁开了眼睛，从床上一跃而起，冲其余的三人大喊，"快快快，紧急集合，快穿衣服。"其余几人在哨声响起的时候就已经睁开了眼，有片刻迷茫，听得有人呐喊，才一个激灵从床上跃起穿衣，拿起行囊往背上一甩，动作如行云流水般顺畅。一时之间整栋宿舍楼都在脚步奔跑声、呐喊声，撞击声中震动起来。

紧急集合完毕已经是 15 分钟之后了。

马铮满意地点了点头，从腋下掏出文件夹："3 天直径 100 公里山地越野。期间，我会派一个加强连的人对你们进行围追堵截。"马铮说着，继续道："配发装备如下：一个信号装置，一张地图，一支枪，一发子弹，一把野战匕首，指北针，水壶，阻击画图笔，外加一个特别优待的背囊 3 公斤石头。"

"任务要求：3 天后的晚上 6 点整到达指定目标，如果有问题或坚持不住，你们可以拉开你们人手一支的信号弹，会有医务人员到达你们的所在位置解决你们的问题。"

"以上，还有什么问题或疑义吗？"罗列完毕，马铮高声询问。

"没有问题，教官。"所有女兵齐声呐喊，但是内心已经被泪水淌成了一条河流，心想这都是什么魔鬼训练啊！

"唐玥"

"到"

"出列"

"是"

"其他全体都有，立正，向右转，齐步走！"

唐玥忐忑地坐在礼堂一角，等了近半个小时。期间，陆续还进来了三个女军官，依次与唐玥并排坐着，神色淡漠，气宇轩昂。那种淡漠，是经风历雨后的一种淡然。

只见三人军容肃整，皮肤黝黑，英姿飒飒。她们军衔不同，一位海军中尉，一位少尉，还有一位士官，肩上都是杠杠，估计军龄不短。唐玥被众人肩膀上的牌牌晃得眼花，她是四人中唯一一个没有授衔的新兵蛋子。

四人正襟危坐，神情庄严，整个礼堂鸦雀无声。

大约十分钟，礼堂前方的侧门"吱呀"打开。一个上校军衔的魁梧军人，闪身而入，一身利落的作训服，一种无形的气场，瞬间震慑了在座的四人。

来者不是别人，正是天鹭特训营第一任营长，人称"铁面包公"，现任鹭海基地副参谋长，也是今天的面试官。

唐玥四人"唰"地起立，向上校敬礼。

上校傲慢地回了个礼，一句话也没有，闪进旁边的会议室。

时间一分一秒过去，偌大的礼堂只剩下唐玥一人。会议室厚重的实木大门再次推开，一个洪亮的声音传来："唐玥!"。

"到!"唐玥腾地一下起身。

"进来!"

"是!"

唐玥快步向前，一声"报告"，进了会议室。

一尊"包公"像，端坐正中。

明润的阳光，漫漫散散从帷幔的缝隙里洒入，给上校背光的影子镶上了一层神秘的金边。

"坐。"上校开口，面无表情。

"是!"唐玥坐得笔挺，脊背上像插了根钢条。

上校翻开手里的文件夹："你叫唐玥，多大了?"

"十八!"唐玥一个咯噔都没打就蹦出了自己的年纪，视线却落在上校手里的东西上。

那是她的档案，密密麻麻几十页纸。

会议室里一片寂静，只有墙上的挂钟，不知疲倦在走着。

短短十分钟问话，在唐玥看来，也都是不着边际的。

片刻，上校"啪"地合上文件夹，起身："行了，你可以回去了，等通知!"

"是!"唐玥有点茫然，机械地起立、敬礼，大脑随即高速运转起来。

这是过了，还是没过?

天鹭，这个名字如雷贯耳，可是细究起来，一片空白。这是一个在军报上乃至媒体上也看不到的名字，只在新老兵中口耳相传，像是传说中的圣地，人们只知道它的存在，知道它的荣光，却从不知道它的所在。

传说中的天鹭，传说中的海军陆战队……

三天后，唐玥接到了天鹭特训营的报到命令。

鹭海基地军用机场，唐玥与三位女军官再次相逢。

女中尉率先走向一架正准备起飞的军用直升机的驾驶舱。

其她三人不自觉地对视一眼，尾随女中尉上了飞机。

飞行时间很长，唐玥悄悄对了一下表，从上飞机到现在，已经飞了近一个小时，整个机舱，仅仅只有她们四个人。

坐在唐玥对面的女士官，上飞机开始，就一直盯着唐玥，几乎连眼睛也没眨一下，唐玥摸了摸脸，终于忍不住询问道：

"我脸上有脏东西？"

"没，没有，我只是觉得……你长得很好看。"女士官不好意思地挠了挠头，普通话中掺杂了一点地方口音，笑嘻嘻地露出一口白牙，一扫方才的严肃。

略显紧张的氛围被女士官的一句话，彻底打破了。女中尉一脸忍俊不禁，看着女士官道：

"士官同志，你这台词好像……有点作风问题啊。"

女少尉接上她的话茬，"你这是在光天化日下，明目张胆地调戏良家少女啊！"

"哈。"女中尉爽朗一笑，"都别装了，我，通信营的。"

"我，刚滚出校门。"少尉扮了个鬼脸。

"嘿，我，我岸防团的。"女士官一脸无辜。

唐玥无语。还没来得及说再见，她就这样毫无预警地提前告别了新兵连，甚至连肩上的那一道杠都是刚别上的。

第五章 "特别待遇"

1 天鹭，我来了

连绵的群山被一层层薄雾笼罩着，充满了神秘迷幻的色彩。这是距离鹭市两百里外的一个设置成实战背景的天鹭特训营集训场。

女中尉相当贴心，在低空带着大伙儿转了一个大圈。唐玥极目眺望这片土地，在心中想象每个建筑的功能，传说中这里每人每年射出的子弹相当于一个排，传说这个大队只有两个中队 100 个战斗人员，却有 500 人的全面战术后勤支撑，这里培养出了共和国最精壮的兵，是整个中华大地海陆空三军尖兵的摇篮。

唐玥深吸一口气，天鹭，我来了！

山中的一段地势低洼处，黄色的黏土经历过雨水的冲刷和浸泡后，变得极滑。全身被泥土弄脏了就不说了，问题是在如此泥泞的黏土地里寸步难爬。终于爬出那该死的黏土路段了，前方竟然是一条排水渠。

别问为什么训练场上的排水渠会出现在山中的前方，这里是海军女子陆战队集训场，别说一条排水渠，这里湿地，沼泽，山林一应俱全。如若想要看海，前方不远就是。集训场地所占的面积，可以规划一个行政区。

128

"我不管你们以前是哪个连队里的尖子，或是有什么了不得的丰功伟绩，到了天鹭，你们全是一个个不折不扣的新兵蛋子，少给我充老兵，有天大的本事，到了集训队这块地儿，也得给我消停点，按部就班地来。集训队里，没有性别，不许称名道姓，一律用代号，知道吗？"

"明白。"

001，唐玥在天鹭的代码。

天蒙蒙亮，唐玥就起床整理战斗装具。从进入集训团起，她要学会用武装越野的方式迎接太阳升起。步枪、手榴弹、防毒面具等"六大件"一样都不能少。

25公里的山地越野和10公里武装泅渡，四种枪械的射击，直升机空降入水，还有不计其数的障碍跑，更要命的是这张科目单是一个整体，单子上详细标明了整个路线，试训人员必须一气呵成地在规定时间内完成全部科目，而那个规定时间短得简直就像是一个虚幻的数字。

上午8时30分，水上划舟推舟训练开始。

放眼望去，滩涂训练场外宽广的海面上有数条橡皮舟在缓缓移动。在微风荡起的一圈圈涟漪中，唐玥和另三名女队员一组齐心协力地挥舞着舟桨，橡皮舟悄悄向岸滩抵近。在距离"敌"岸滩百米左右，她们卸下战斗装具，轻轻没入水中，隐蔽在橡皮舟的四个角落，一边用脚踩水一边托着橡皮舟前进。

拖舟训练是姑娘们最痛苦的训练了，她们要用举、鼎、扛、抬、托等办法，在各种地形上以跑和爬的方式运送橡皮舟，这几乎是在折磨人，但每个队员都咬牙坚持着因为只要撑过这一关，一个月的集训就该结束了。

5公里不间断的海泳要在2小时30分钟完成，这对四五千人整编制作战旅而言极具挑战性，营里要求给各兵种分队定下的硬指标，必须在 3 个月人人过关。抽筋、呛水、昏厥在海训中是常有的事，应急抢救分队的任务很重，用她们的话讲，每个救生队员的心都悬着，如果各自负责的分队有人出现危险，他们是第一责任人。海上 2 小时陆上 23 分，陆地 5 公里武装越野和海上 5 公里泅渡一样，都是陆战队各兵种的共同科目，同样人人都得达标。

猛虎精神被她们归纳成了四句话，不畏艰险，背水攻坚，不怕牺牲，勇往直前。全副武装泅渡的考核照常进行，队员们背负着 15 公斤的重量，要在 40 分钟以内游完 1000 米。女兵队的老兵都要完成所有海练项目的考核。全营官兵做好了临战的准备。

训练完全按照实战要求实施，划舟声使目标越来越明显，如果不注意隐藏极易暴露自己。

划舟刚刚结束，姑娘们还没来得及擦去脸上的泥水和汗水，就被带到岸滩的一块沼泽地上进行扛圆木训练。

她们面前堆放着数根直径约 40 厘米、长约 5 米的圆木。这种圆木干的时候重约 100 公斤，在水里浸泡后重量将增加几十公斤。女队员要合力扛着沉重的圆木通过 100 多米长的泥潭。肩上，压着的圆木早已被磨得溜光；脚下，泥潭中的淤泥接近半米深，每前进一步都将消耗巨大体力。15 分钟后她们艰难地通过了泥潭。

上午 11 时，毒辣辣的太阳使地表温度早早地超过了 35 度，唐玥以为上午的训练到此结束，哪知更艰难的训练还在后面。

滩涂训练场的开阔地带有一大片水洼地，里面污泥沉积，恶臭冲天。接下来，女队员们要在这个地方发起冲锋。

"持枪匍匐前进 50 米！"

唐玥还没喘匀气息，就卸下行囊，趴在地上，向前爬。

一声不满传来：

"这真是要玩死咱们吧，我她妈觉得全身都要爆炸了。"

这一急，脏话都出口了。女教官阴阴一笑：

"002，你行啊，蛮有潜力的。你们四个，给我低姿匍匐加一个来回，开始！"

唐玥埋怨地望了002一眼，002依旧愤愤不平，但她也知道这个特训队出来的教官根本没人性，绝对不会手下留情的，她要是再发牢骚，没准又加个来回，那就真的死这儿了。于是气哼哼地闭上嘴，恨恨地往前爬，到了终点，四人刚站起来，教官就站在她们旁边，凉凉地开口：

"过去，规定时间内通过前面的四百米障碍。"

四人没来得及歇一口气，直接向前面跑了过去，四百里障碍，真是个大考验，尤其对一向爱干净的四个女孩子来说，简直太不人道了。

梅花桩，深壕沟，铁丝网这都不算啥。臭泥浆的模拟沼泽，别的倒好说，主要臭熏熏的恶心劲儿难以克服，看着四张脸变得有点扭曲，教官轻蔑地笑了，扬扬眉道：

"怎么，觉得脏，告诉你们，实战时候，比这个更臭更恶心的有的是。"

说着手一比：

"这么长的肉蛆，钻来钻去的臭水坑，我们一蹲就是整整一夜，没有这点心理准备，趁早给我滚回连队去，当什么海军陆战队员。"

唐玥脸一变，率先扑通一声，就跳进了臭泥坑中，费力地向前移动，其他三人也跟下饺子似的，眼睛一闭跳了下去。

教官嘴角浮上一丝笑意，微微点头，这几个丫头别看，挺有血性的。

军队是战争的产物。血性、野性是军队必备的元素，没有血性没有野性的部队是打不了胜仗的。古典的、传统的战争是这样，现代的信息化条件下的战争也是这样。

131

其实这种训练，对这些优秀女兵来说，早已是轻车熟路了。他们要练的是速度、准确性和对战场的直觉反应。

这是一场与泥浆、污水的较量，也是一次耐力与意志的考验。姑娘们如泥鳅般一个接一个"咕噜咕噜"地钻进泥潭，再钻出来，全变成了一尊尊黑色的泥塑。

高强度的训练不容她们有喘息的机会。闯过污泥潭，姑娘们紧接着要潜越铁丝网水障。

短暂的午休后，姑娘们扛着 15 公斤重的弹药箱通过一段齐腰深的沼泽地，爬越 15 米长的淤泥地，返回时则要举着武器躺着通过，依靠腿脚和肘部协调运动的力量缓慢前进，不出 5 米便感觉到后背和双肘火辣辣地疼……

晚上，熄灯就寝前，一小时的体能训练还在等着她们。

唐玥突然好怀念之前在新兵连的日子，不是天堂，胜似天堂啊！

2 挑战极限

"今天天气不错，适合野外活动，直接武装越野 10 公里，规定时间 30 分钟。"话音刚落，教官面色一整，低沉铿锵的声音在集训场上回荡，"全体都有。"

"啪！"整齐划一的立正，抬头挺胸，标准的军姿，连一向挑剔的教官也挑不出半点毛病。

"向左转，跑步走。"

一小时后，唐玥一行又全副武装被拉去了射击场进行长达两小时的实弹射击训练。

集训队里，只有少数几人参加过实弹射击训练，更不用说第一次摸到的 95 式步枪了。

　　每人有十发射击的适应过程，然后才是正常的计入个人总成绩的射击训练，教官似乎也无意对 95 式步枪进行详细的讲解，只是拿着秒表站在一边看着她们。

　　众人有些傻眼，纷纷把目光移到组长唐玥的身上。

　　唐玥端着手里的 95 式步枪，仔细观察了一下枪体，抬头瞥向教官，正好对上她同时瞥过来的眼神，唐玥轻轻一笑，一边回忆着先前马铮所教，一边端着枪卧趴在射击位置上。

　　"95 式 5.8mm 口径自动步枪，瞄准基线有点高，打连发的话可能会有点难受，无托结构有点不太习惯，可能要适应一下。"唐玥趴在地上一边瞄准射击，一边口述 95 式步枪的特点。

　　"砰！砰！砰！"唐玥点射了三枪后，继续道：

　　"声音比 81 式步枪响点，射速更快，后坐力也小了很多，抛壳窗离眼睛有点近，但基本不影响下一次射击，总体情况如上，完毕。"

　　唐玥解释完毕，射完最后七发子弹后，就站了起来，重新装弹后进行跪姿瞄准射击。

　　"砰！砰！砰！"

　　"枪身短小；无托，射击时容易暴露射手；准线过高；没有空仓挂机，不利于快速装弹，可靠性有待考察；简易夜瞄装置亮度不够，塑料件容易磨白，影响美观……"唐玥微微皱了下眉头，射出十枪，居然还有一次卡壳了。

　　其他女兵聚精会神的听着唐玥的分析，并用心观察着她动作要领。

　　教官站在一边，静静地看着眼前发生的一切。

　　射击训练最后进展的比较顺利，十分钟的熟悉时间，十发练习弹后，众人已经基本掌握了 95 式步枪的特性，只是想要习惯和完全上手还要经过实践磨合以及更多的训练。

考核第一天早上 4 点 50 分，唐玥她们遇上了大雨天，而射击考核却没有因为天气的关系暂停或是被替换，考核分八批次，每次十人组，散落在固定位置上分离的枪支型号各不相同，唐玥甚至只来得及分辨出她位置上的枪型是最经典的 AK－47，标靶就直接翻了出来。

组装、校准、射击，就算早已经对这些动作熟练的犹如吃饭睡觉，却因为外在条件实在太过恶劣，风阻，雨阻各项因素都要考虑在内，却还是有几个人出现了半数脱靶的成绩。出师不利，首战受挫，本来踌躇满志的众人，直接被兜头浇下一整盆冰水，透心凉，冷得直打颤。

考核似乎不仅仅是为了考验众人的技能水平，这更像是一场心理战，如果不能克服，那么将会一败涂地。

好在，众人的心理素质已经被这段时日来地狱式训练提炼得刀枪不入了，颓废只是眨眼的功夫，在做出精准的判断后，她们渐渐恢复了平日的水平。

一个穿着基地作训服的上尉捧着一叠小册子无声无息地走进来，走过每个人身边的时候把手里的东西扔出去一本，唐玥在半空中捞住它，翻开一页，草草一扫，呼地一下坐了起来。事实上所有人拿到这份东西之后都是与唐玥一样的反应，随意翻开，之后，惊讶。

这是一份他们一周来的训练成绩表，EXCEL 排序打出，条理分明，那上面包括了每个人从 25 公里越野跑开始各时间段的平均速度，还有打靶的耗时、环数，以及障碍跑时各种突发情况的备注。

唐玥抬起头向四下看，所有人脸上都有点惊讶慌乱的神色，原来在大家都不知道的时刻，有一双眼睛，记录着他们的一言一行。

像这样的暗中观察，有如芒刺在背，寒气从背脊窜上去，冷冰冰的撩拨着心口。

生活总在继续，没有任何的改变，对于唐玥来说，最多也就是从鹭海搬到了天鹭,最多就是,训练强度又大了许多。

大家都很疲惫,身与心都是,还有对于未来茫然无知的忐忑。

新的环节有了新的规则,基地教官们恭喜大家有幸参与这次美妙的考核。

试训的主要内容分为三大块:体能、对抗技能、作战理论。这三个领域之内再细分各种具体的项目,考核制度分为两类,积分与减分分两条线同时进行,完成每一项细科考核都得到相应的积分,而减分制度更多的用于惩罚。

阶段性考核,单一领域积分不合格淘汰,总数不合格淘汰,如果违规,也就是减分超限,那无论你的成绩单交得再完美最后还是淘汰。

正式培训期间的训练强度更是大得让人喘不过气。早晚"5个500":500个俯卧撑,500个仰卧起坐,500个蹲下起立,500个马步冲拳,500个前后踢腿;每周"3个3次":3次3000米全障碍跑,3次25公里全负重越野,3次10公里武装泅渡。

所有成绩都会折成标准分汇入总分里,阶段性考核,不及格的随时都会走人,身边的队友越来越少,常常在第二天,原本跑在自己身边的熟悉面孔已经消失再也看不见。

3 极降训练

机降训练是每个队员必须掌握的基本技能,他们练的是人与战场环境的协调和应变能力,悄无声息地潜入,毫无踪迹地撤回,上天入地来去自如,是两栖侦察兵的最高境界。

飞机在不断爬高,机舰内的高度表显示150米时,投伞员"吭"的一声,打开了机舰门。"呼"地,风从机舰门灌了进来。

飞机掉了个头，又飞回到机场上空，此时飞行高度 800 米。"嘟嘟"二声，投伞员喊了声"准备"。唐玥等人按规定动作，推凳、转身、推带、抱伞，分二排面向机舱口，左脚在前，俯身而立。

站在飞机门边，唐玥一边为组员们做最后的安全检查，一边吹了吹嘴边的话筒，"测试话筒，001，完毕。"

"002，完毕。"

"003，完毕。"

"004，完毕。"

"005，完毕。"

"落地时可能会分散，不要急着联系，也许会有雷达监测，我们可以在 809 汇合。"

"是。"

"紧张么？"唐玥打量众人，还没等她们回答，自己先笑了，与其说紧张，倒不如说是兴奋更确切一点。

握拳抬手："不离不弃！"

众人相视一笑，握拳对击，齐声喊道：

"不离不弃！"

降落伞继续下降，唐玥在空中不时下拉操纵带，修正偏差，控制好方向，防止相撞或偏离降落点。高度 700 米时，她开始将备用伞包放身后，坐带下推。

接近海面时，控制好操纵棒，逆风进入落水点，脚一踏水，双手迅速下拉脱离锁，解脱背带，人伞飞离，唐玥安全降落在海面上。

天还有些昏暗，正处于朝阳想要跃出海平面的时刻，海水有点凉，却不至于冰冷刺骨，唐玥卸掉跳伞装备，环视周围一圈，然后背对朝阳点亮的海平面，往十一点方向游去。

约摸 15 分钟左右，唐玥通过浅滩小心翼翼地登陆了这座一眼望不到头的海岛，用岩石做掩体，直接钻进了树林中。

唐玥很喜欢参天大树或者是低矮茂盛的灌木丛，可以很好地用来伪装、隐藏或是休息。

蹲在一团茂盛的灌木丛中，唐玥掏出随身携带的地图和指北针。5分钟后，她顺着这片茂盛的灌木丛往集合点进发。

飞机是以定点盘旋的方式让组员陆续跳伞的，不出意外的话，所有人将会在40分钟内全部到达集合地点。

果然，当最后一个跳伞的唐玥出现在809的时候，其余四人已经伪装在附近了，纷纷从挖好的坑、树丛或是树上看到了逐渐逼近的唐玥。

副组长002率先通过通话装置向唐玥汇报情况："组员全部安全到达，没有雷达监测，百公里内可以放心通话。完毕。"

"002，003侦察渗透狙击；004绘制地形图及雷达监测；005配合004找寻并确定补给点和第一个目标集合点。完毕。"

"002，003，004，005收到。完毕。"

"001，活都让我们包了，那你干什么？完毕。"

"我么？指挥你们，顺便断后。完毕。"

"……"

前面是一道小山坡，只是比周围的地势稍微高一丁点的小山坡。山坡上的林子也比周围的密一些，树根下面都是半人多高的草，一簇一簇的。

唐玥一个冲锋冲上山坡，一只脚在坡上，一只脚在坡下，侧着身向下伸出手，一个接着一个把战友拉上山坡，继续往前走。

夕阳如血，在天地之间遮上一层薄薄的淡红色轻纱。轻纱随着晚风而舞，荡出层层微波。苍穹缓缓地拉上铁幕，月影如约而至，唐玥带着战友们一路潜行在如墨的夜色中。

草丛里各种鸣虫倒是自由得很，快活地演奏着夜曲，连急促的脚

步声都无法阻挡它们的热情。

蓦地，唐玥举起拳头示意全体停止前进就地隐蔽，大家迅速分散隐蔽在丛林之中。

唐玥轻轻拨开眼前的一簇草丛，透过树木的缝隙向外张望，距离前面大约一百米的地方是一块呈四方形的空地。

几辆白色的救护车静静地停在空地中间偏左的位置，距离救护车大约一丈远的地方是几座覆盖伪装的兵营。

兵营四个角各有一个岗哨，手持冲锋枪站在探照灯前面警戒，每隔几分钟同一条直线上的岗哨会走向对面，交换岗位。

四道光柱在兵营上空来回扫射，在一团漆黑的夜里异常显眼。

"40秒！"唐玥盯了半晌，下了结论，"探照灯40秒扫描一次。"

唐玥她们花了整整三个多小时才摸清了敌营的参数，这是她们此次考核的目标之一，敌方雷达站。

摸清了敌营的巡逻轨迹后，唐玥便带着小组人员潜伏在巡逻士兵的必经之路，等待伏击的最佳时机。

凌晨12点42分，002第一出击扑倒了列队巡逻的最后一个士兵，几乎是在002动手的那一刻，唐玥和擅长近身搏击的003也默契地发动了攻击。只眨眼功夫，三个巡逻的士兵就被三人集体抹了脖子。

"搜身，把他们的衣服换下来，003、004跟我潜入，找到他们的作战地图，撤离前直接手动引爆。002、005外围警戒。"唐玥一边忙着扒'敌人'的衣服搜身，一边压低声音向组员下达指令。

"002，003，004，005收到。"

通话完毕，所有人都各司其职忙碌起来。002换上敌军衣服后，带头潜进了雷达站的侧面小门，结果刚一潜入，就被迎面走来的一个敌军军官发现了，好在雷达站门口这里的灯光很昏暗，又正值深夜时分，所以当那个军官发现002的时候只是觉得脸生，却还是警惕地喊了一声：

"什么人？口令。"

话音刚落，就被一支破空而入的军用弩箭直接命中。

002侧头看向唐玥，低声吹了声短促的口哨，夸赞道：

"啧，你这姿势实在酷毙了。"

"我也这么觉得。"唐玥收好军用弓弩，"002负责搜身，12分钟后手动引爆。"边说边示意003跟她继续往深处潜入。

003觉得跟在唐玥身后潜伏敌营是件很拉风的事情，因为逢人就杀，见人就突突的感觉，实在是太爽了。

本来这座雷达站的敌人人数就不多，又正值深夜，摸到他们营地，直接往里扔一颗手榴弹，什么事都解决了。

就连在敌营内部甬道中站岗的士兵，也在猝不及防的情况下，直接被唐玥她们抹了脖子。

从作战办公室顺了几张真实的地形图，唐玥抬手看了看表："撤！"

带着003和002会合时，刚一照面，002就冲唐玥竖起了大拇指，三人便以最快的速度迅速撤离这座雷达站，向行动前五人事先定好的会合地点狂奔而去。

4 计划不如变化

直到次日下午两点一刻，唐玥五人才到达会合点金水湖。

随着教官一声厉喝，大家纷纷主动站好，等待教官进一步指示。

"我再次提醒大家，如果有退出的现在还来得及。"教官整理了一

下褶皱的衣领，扫了一眼现场的队员，冷冷说道。

站在队列中的唐玥，一动不动，目光直视前面浩瀚无边的金水湖。凉风袭来，微波荡漾，在远处停着几艘小艇随风飘荡，给人一种说不出的轻松惬意。

"登船！"十分钟后，教官见没有人退出，也不多说，大手一扬，安排队员们登船。

早已等候多时的队员，系好缆绳，拉下登船板。大家集体向右转，从左侧第一排开始，逐个登船。

走在后面的唐玥仔细打量着面前的客船，这是一艘水泥船，构造极为简单，在船的四周用钢筋焊接着一排护栏，中间是一个极大的空地，非常平坦连一个凳子都没有，所有队员都是席地而坐。

"出发！"教官走到船上，冲开船士兵低吼一声。

驾驶船只的队员点点头，将缆绳和登船板收了上来，然后走进驾驶室，随着发动机的轰鸣声，小船逐渐的向金水湖中央驶去。

"好美啊！"002坐在小船旁边，看着清澈的湖水，碧绿的水藻，肥大的鲢鱼，憨厚可爱的乌龟，由衷感叹着。

"这湖水好清澈啊，要是能够下去洗个澡多好。"005闻着身上汗迹的腥臭味，低声叹息着。

"如果让我下去，我绝对能将那只鲢鱼抓上来。"003看着跟在小船后边的一只肥大的鲢鱼，兴奋地说着。

教官坐在船头，听到女兵们的欢声笑语，抬头看着不远处的小岛，嘴角泛起了一丝不易觉察的笑容。看着那熟悉的笑容，唐玥下意识打了个寒战。

下午3点，一只外形呈枫叶状的小岛清晰的出现在众人面前，从远处望去，岛上怪石林立，杂草丛生，到处都是茂密的丛林，隔着老远都能听到野兽愤怒的吼叫声。

"不是将我们拉到这鬼地方吧？"

现场的女兵一个个目瞪口呆，她们没有想到竟然会被拉到一个远离陆地，而且充满危险的孤岛上。

"今天，你们的任务是单独在无人岛上生存七天。当然，你们在途中有任何的理由想退出这次任务的话，可以拉开你们手中的信号弹，会有专人去接你们回来，但是，你们的这次考核成绩将会被取消，听明白了吗？你们只能用你们学到的知识来判断前方留给你们的标示。你们将要面临的是，你们还没有涉及到的一些野外生存技能以及各种突变情况，只有大自然才能教会你们的东西。野外生存训练就是你追逐自己的过程！让你知道：你是谁！"教官说完，将手指向了不远处那座岛。

"七天之后你们能不能到达指定地点就看你们的造化了。"说完每人分发给了他们一张地图、一个简易背囊后，吼道："出发！希望七天之后都还能见得到你们！祝你们好运！"

"全体都有，目标正前方，五公里武装泅渡开始。"教官看着正前方的小岛，从兜里掏出秒表，轻轻一按，然后冲士兵们一挥手："开始！"

"武装泅渡？"现场的女兵一个个木然地盯着教官官，就连唐玥都露出一脸的意外之色。

在这种深不见底的湖泊中进行五公里武装泅渡，唐玥简直不敢想象自己的耳朵。且不说湖水的深度，就目前这种天气，根本不适合进行武装泅渡训练，深秋的湖水冰冷刺骨，女兵们下去十有八九会腿抽筋，不要说游到小岛上，甚至有的士兵下水直接沉到湖底，更何况身上还背有被子，大衣，挎包等物件，这无疑给本次的泅渡带来极大的困难。

就在教官的话刚说完，心直口快的004站了出来，进行反驳，理由是自己从未接触过武装泅渡训练，对于这样的考核，她表示不赞

成，同时还严重抗议，考核不公平。这一说法得到其它水性不好的女兵的鼎力支持。

"不会游泳的留在船上，其他人立即下水，最后十名淘汰。"教官回头看了一眼那些不会游泳的女兵，然后冲唐玥等人厉声喝道。

"扑通……"

"扑通……"

……

一时间抢先下水的女兵，比比皆是，为了不成为最后十名，现场大部分女兵在教官的口令下达后，抢着跳到了水中。

唐玥扫了一眼水中正在拼命往前游的队友们，无奈地摇摇头。在这么冰冷的湖水中，没有丝毫的热身运动，直接跳下去如同寻死无异，一旦腿抽筋，再被水藻绊住腿脚，即使有人前去救援，也许都来不及。毕竟在游泳的过程中，谁都不会将军刀带在身上。

一切未出唐玥所料，就在唐玥五个在船上活动身体的时候，一些游出几十米的女兵们速度纷纷的慢了下来。突然间，一声惨叫从不远处传来。

"哎哟，我我，我腿抽筋了……"

等唐玥抬头望去，却只能看到水面上两只不停挣扎的双手。

唐玥迅速揭开背囊的袋子，从里面抽出三根粗长的军用绳，脱下外套，把绳子围在腰身处圈好。

几乎是在唐玥下水的瞬间，本来还觉得她太过小题大做的队员们眼睁睁地看着就要胜利登岸的 009 号队友突然发生了状况，在水面上挣扎了几下，沉沉浮浮瞬间没了踪迹。

众人一下子紧张起来，手死死攥住唐玥的军用绳，就怕稍微松开一点，希望就没了。

河水很冰，比起骄阳似火的夏天，初秋傍晚的河水冰凉的让唐玥狠狠打了个寒战，却又顾不得太多，只是努力睁大眼睛，想要在辨别

142

009 所在的位置。

不知道究竟过了多久，唐玥压根就没有注意时间的问题，只是把009最后露头的地方当作了她此刻的目标，奋力的向她所在方向游去。

出来换气再没入，两次后，唐玥先摸到了009的背囊，咬着牙狠狠用力往上一扯，连人带包，把濒临昏迷的009从暗涡中拉了出来。

唐玥做完这些，几乎耗尽了所有力气，咬着牙，从军用绳上拖出两条活扣的结，在009的腰带上，连接背囊的卡口处绕了一圈，然后整个人从背后圈住009的上围，抬手向船上的人打了一个手势。

船上的队员们紧张地看着河水中，两人起起伏伏的脑袋，在唐玥抬手做了一个拉伸的动作后，众人赶忙拉紧了手里的军用绳狠狠地往船边拖回。

一时间众人无话，听到的只是哗哗的水声和重重的喘息声。一路上他们见到各种各样的鱼儿，甚至有些胆子大的小鱼们好奇地跟在女兵们身后，形成一道亮丽的风景线。但大伙儿谁也没心思去欣赏，她们脑子里唯一的念头就是平安无事地爬上小岛。

随着时间的推移，体力不支的人越来越多，呼喊救命的也越来越多，跟在身后的几只小艇上黑压压的站立着不少人。到了最后，有些实在坚持不下去的女兵们，没等自己沉下水去，直接放弃，然后爬上身后的小艇。

唐玥五人坚持到底，在小岛的东南方登上岸。这里是一片沙滩，沙滩外海上一海里左右的位置，还有两座小的附属岛礁，分别位于中间岛屿的左右两边，两座小的岛礁加上岛屿，之间形成了不规则的三角形，两座岛礁面积都很小，其中一个大点儿的，大概有5000平方米左右，最高点大概海拔50米左右，另外一个大概3000平方米左右，最高点大概海拔70米左右，就像是这座小岛的大门。

143

在岛屿的背面，0.5海里左右也有一座小的附属岛礁，面积更小，大约2000平方米左右。最高点海拔大概30米左右。这样就形成了三个小的附属岛礁，拱卫着中间这座面积大概在10平方公里左右的小岛，就像是中间这座小岛的护卫，保卫着小岛。

中间的岛屿整体形状呈不规则的圆形，外围是一圈沙滩，东南方向唐玥登岛的地方是一处海湾，往岛中央是一圈环绕着整座岛屿的环形山脉，整座小岛的平均海拔达到200米左右，最高海拔400多米。

小岛正中，环形山脉的中间部位是一处峡谷，峡谷所处地海拔150米左右，峡谷的西南角是一个面积大概为四万平方米左右的淡水湖，常年的雨水积累形成了这样一处堪称是奇迹的天然淡水湖泊。为整座小岛带来了丰富的淡水资源。

岛上常年没有人类踏足开发，使得岛上植被非常茂盛，除了山峰最高的地方是坚硬的岩石外，其他的地方都是茂盛的原始丛林，是个淡水资源非常丰富的自然生态岛。

"野外生存的第一要务是辨别方向。"马铮曾经这么教导她们。

马铮还说，太阳从东方出，西方落，这是最基本的辨识方向的方法。利用地物特征判定方位也是一种补助方法。使用时，应根据不同情况灵活运用。独立树通常南面枝叶茂盛，树皮光滑。树桩上的年轮线通常是南面稀、北面密。农村的房屋门窗和庙宇的正门通常朝南开。建筑物、土堆、田埂、高地的积雪通常是南面融化的快，北面融化的慢。大岩石、土堆、大树南面草木茂密，而北则易生青苔。

唐玥一边反刍着野外生存常识，一边摊开地图，拿出指北针，仔细测算方位和最近的路线，指定地点距离目前的位置约为80公里，抬手用表定时，又抬头看了一眼万里无云的天空，这才收起地图放进背囊，只拎着一把军用砍刀和匕首，再次确认了附近的地形后，正要转身钻入丛林，只听一阵震耳欲聋的枪炮声，在身边炸响。

炮火声中，隐约传来教官的声音：

"训练开始，祝君好运。"

尚未登陆的女兵们没有丝毫心理准备，连滚带爬，满身狼狈地就往船外跳，有很多人刚一上岸就直接被流弹击中，有的甚至是全身被空弹击中，虽然距离隔很远，可空弹打在身上的滋味，也只有当事人才能深会。

谁也没法按照既定的路线登陆，就连唐玥也被这突如其来的偷袭给打蒙了，

随手扯起附近跟她一样没有中招的人，一路滚进路边的矮树丛中。

不能还击，还击也没有任何意义，除了躲藏隐蔽外，没有任何办法。她们每人只发了一排子弹，跟身边一堆枪炮比起来，她们的装备，简直是天壤之别。

唐玥浑身僵硬，只靠本能向树丛更加密集的地方匍匐前进，空弹几乎是贴着她的头皮擦过的，很庆幸此刻天色渐暗，如果是白天，可能用不了几个小时，这帮来参加特训的女兵，就要直接就地"阵亡"了。

枪炮声足足响了近半个小时，小船周围一片'狼藉'，惨不忍睹。

而这一惨状，唐玥根本连缅怀的时间都没有，在发现枪炮声逐渐转小，跟着从另一侧跳出无数个全副武装的军人对刚才的战场进行'扫荡'的时候，唐玥唯一想的就是以最快的速度离开这里。

根本来不及看地图的时间和条件，她只是凭着直觉往丛林深处匍匐爬了近20分钟，在确定没有被人尾随跟踪的时候，才改匍匐为跑，直接往树丛茂盛的地方跑了足足有一个小时，直到天蒙蒙亮的时候，才停下脚步，喘息地看向身后。

这才发现，被她拉着跑了老久的人，居然是副组长002。

5 阴差阳错

"001，你看你这一路又是跑又是跳的，大家累得一塌糊涂，还有擦伤的，崴脚的，你怎么一点事都没有啊？"002看向唐玥，疑惑地问道。

"一是你们训练少了，这次回去每人每天五公里越野，一百个俯卧撑，一百个仰卧起坐，一百个不间断刺杀，一百个不间断劈杀。"002听到后顿时很想咬了自己的舌头。

"在弱肉强食的世界里，你只有比别人强大才能生存！两个人被老虎追，你不需要跑赢老虎，只要跑过另外一个人就可以。但我要告诉你，你更要跑得过老虎才能活下来。"唐玥的话语让002警醒。

002揉揉鼻子说："人生地不熟的，怎么跑？"

唐玥站起来，在坡地上演示着。"在山地行进，为避免迷失方向，节省体力，提高行进速度，应力求有道路不穿林翻山，有大路不走小路，如没有道路，可选择在纵向的山梁、山脊、山腰、河流小溪边缘，以及树高林稀、空隙大、草丛低疏的地形上行进。要力求走梁不走沟，走纵不走横。

行进时，能大步走就不小走。这样几十公里下来，可以少万许多步。疲劳时，应用放松的慢步来休息，而不停下来。攀登岩石时，应对岩石进行细致的观察，慎重识别岩石的质量和风化程度，确定攀登的方向和路线。"

唐玥兴致勃勃地讲解着，边讲边比划着，好似回到了几个月前，马铮在向她们一帮新兵蛋子讲解野外生存技巧时的情景。002露出崇拜的眼神，组长懂得可真多啊。

"如果千小心万小心还是迷路了呢？"

"在野外旅行迷途、迷路是常见的事，尤其在一些人迹罕至的地方，道路稀疏、大雾天、风雪盖路、又由于没有或缺少参照物时，迷失道路及其方向就难免发生。"唐玥边回忆边即时传授，"在野外迷失方向时，切勿惊慌失措，而是要立即停下来，总冷静地回忆一下所走过的道路，想办法按一切可能利用的标志重新制定方向，然后再寻找道路。最可靠的方法是'迷途知返'，退回到原出发地。

在山地迷失方向后，应先登高远望，判断应该向什么方向走。通常要朝地势低的方向走，这样容易碰到水源，顺河而行最保险，这一点在森林中尤其重要。因为道路、居民点常常是滨水临河而筑的。

如果遇到岔路口，道路多而无所适从时，首先要明确要去的方向，然后选择正确的道路。若几条道路的方向大致相同，无法判定，应先走中间那条路，这样可以左右逢源，即便走错了路，也不会偏差太远。"

"001，走了这大半天了，你饿不饿?"反正 002 早饿得前胸贴后背了。

"简单。你用铁锹挖掘这块坡地，凡是有小洞口的，都要深挖，绝对有好东西，都是好吃的!"唐玥胸有成竹地说道。

002 听说能挖到好吃的，顿时来了力气，赶紧用铁锹铲开泥土，寻找所谓的小洞口，别说还真有，顺着小洞口不断向深处开挖，尖叫声起。

"蚂蝗!"唐玥也就在 002 前方，她回头看去，002 的小腿肚上，一只蚂蝗鼓着大大的肚子，正拼命吸着血。唐玥伸手轻轻在 002 小腿肚附近拍了几下，让蚂蝗自行松开了嘴，脱落下来。

"蚂蟥是危害很大的虫类。遇到蚂蟥叮咬时，千万不要硬拔。"唐玥再三叮咛着。

唐玥又在周围看了看，很快发现了一棵捻子树。她迅速走了过去，摘下了一些嫩芽嚼碎，敷在了 002 的伤口上。据马铮说，这捻子

芽有止血消炎的作用，可以防止感染。短短几天时间，唐玥也渐渐从实践上掌握了这些最为基本的知识，算是有了直接经验了。

"嗖！"耳边一阵窸窣。唐玥几乎是本能地探手抓出，眼睛迅速瞟了过去，一条青色的蛇影映入眼帘，青蛇大约一尺多不到两尺。头呈三角形，瞳孔垂直呈红色，颈细，全身鲜绿色，尾端焦红色。她闪电般抓了过去。

早在新兵连时，马铮就专门捉了几条蛇让她们练习，此时的唐玥，俨然一位捕蛇能手了，准准地抓住了青蛇的七寸。

"这是竹叶青，剧毒，不过不致命，伤口局部剧烈灼痛，肿胀发展迅速，其典型特征为血性水泡较多见，并且出现较早；一般较少出现全身症状，这蛇很少主动攻击人类，放了它也罢。"唐玥淡淡说道。

两人越走越深，都大半天光景了，半点人烟也没影，七天的时间不知不觉已过了一半。

第六章　遭遇野训

1 马铮遇险

马铮接到紧急求助电话，老寨子白龙沟发生地震，请求救援。

迎着淡淡晨雾，救援队员带上攀登绳、单兵帐篷和干粮等必需品，在崇山峻岭中艰难前行。

队员们身着清一色的迷彩作战服，脚蹬黑色高腰军警靴。一人手里是一支亮晃晃的梭镖，苗刀和匕首挂在左侧腰间，队员们的背包内，除了一把短把铁锹外，空空如也，一点粮食也没带。在目前条件下，队员们可以说是武装到了牙齿。

半天时间队伍是一路纵队急行军，一开始还有进山的小路，再走就是蓊蓊郁郁的原始森林了。

老寨子在鹭市西北的深沟峡谷中，三面环山，雪岭绵延，寨子就在雪岭下的半山坡上。寨子下边是一条很深的沟谷，谷底流淌着清澈的河水。这条河就是白龙河。

一座索桥横空架在沟谷上边，把老寨子和对面的山林连接起来。索桥是用九根碗大的竹绳架设起来的，中间五根，上面铺着木板，两边各两根用作护栏。寨子里的人就从桥上过去放羊砍柴采山药，这索桥就成了他们的生命桥了。

寨子里面有百十来户人家，三百多口人。房子全是用一块块的小

149

石头垒砌起来的，石头墙上还长满了青苔和杂草。寨子四周都有七八层高的碉楼，也是用乱石头建筑的。整个寨子看上去像一座古老的石头城堡。

自从白龙河谷岸边上那条公路修通了以后，老寨子的人几乎已经忘记了这条崎岖不平的山路。树木和藤蔓早已经把路面掩埋了，根本辨不出哪条是路，哪条是沟。

马铮领了队员沿着河谷边缘前进。地震使一些山上的树木倒塌，巨石的滚落途径在山上留下了一条条长长的"疤痕"。为了防止突然的坠石，大家轮番担任侦察员，密切关注头顶的山崖和前方可能发生的爆发性洪水。队员们沿着部分尚能看出是公路的地方前进，不时要攀上 10 多米高的巨石堆。脚下的巨石稍有不稳就有跌落山谷的可能。

每名侦察队员前后相隔 4－5 米，为了尽快找到灾民，原计划的小型休息次数也减少到最少。汗水很快把队员的衣服浸湿，为减少体能消耗，大家尽量用手语表达指挥命令，每名队员静悄悄地走在通往灾区的公路上。

"找到了！找到了！"前方一队友欣喜地喊道。

马铮借着火把的光，看见谷底依稀有一抹身影晃动。

马铮正想再凑前些，突然就觉得脚下猛烈震动起来。

"哎呀！又来啦！"众人恐慌地喊。

"是余震。大家不要慌！"马铮尽量安抚着大家。

"都把腰上的皮带解下来。"马铮对挤在黑暗里的队友们说。攀登绳太短，需要把大家的皮带连起来接上，才勉强够做一根救生索，这样下去的危险系数就会大大降低。

皮带很快接起来了。马铮把皮带的一头拴在自己腰上，把另一端扎紧在一根树杆上。握了握身边几个队友的手，就准备往悬崖下边去。突然想起了什么，他又折了回来，从身上摸出一个日记本递给队友："上面有我的简历和家庭地址，你帮我收好。万一我……"

他没有再往下说了。

大家心知肚明，一颗颗心就这样提到了嗓子眼。

那条用九根皮带连接起来的绳索不过七八米长。马铮一手紧握着火把，一手紧紧抓着绳索，慢慢往黑漆漆的山谷下面移动。

很快他就靠近了那抹身影，一个约摸五岁的孩童，正紧紧扒着一根倾斜在陡坡上的树根，眼里满是恐慌。

"找到了！"马铮有些激动地喊。

上面的人都松了口气。

马铮意识到自己仍处在极度危险中。那小孩离他还有很长的一段距离，他自己整个身子全悬在空中，只有一只脚踩在一块不大的石头上。思考片刻，他把火把嵌在石头缝里，然后慢慢解下了身上的绳索。

马铮一手抓紧绳索，一手紧扣崖石，朝小孩攀去。他的脚终于踏上那树根了，但是绳索不够长，他只好松开绳子，双脚踩在树根上。

树根突然往下滑了一下，周围的石头也滚落了几块，马铮的身子晃了几下，险些跌下山谷，他急忙俯身抱住树干，伸手抓住了小孩，然后小心翼翼地爬到崖边，把皮带索系在小孩腰间。

"快点拉上去哪！"他朝上边喊。

小孩很快就被拉上来了，这才终于哭出了声。

"队长，快上来呀！"队友们大声朝崖下喊着，急忙又把绳索放了下去。

"快，抓紧绳索！"每一个队员都望着谷里，紧张得捏着一把汗。

突然。崖下面传来哗啦啦的一阵响声。接着便是死一般的沉寂。

"马铮！"大伙儿感到事情不妙，一声紧过一声。

"马铮——"黑森森的山谷中，只有呼呼的风声和滴滴答答的雨声。这个只有二十五六岁的特训营年轻队长马铮，就这样失踪了。

2 患难拍档

野外生存第四天。

唐玥从背包里掏出军用地图，想要研究一下作战路线和作战规划。

002看着唐玥的动作，什么也没说，也掏出地图，低头认真地研究着。

"只剩我们两个了？"半晌，唐玥低声询问。

"不知道，直接分散了……而且船上有近一半的人没有参加过野外生存训练。"002的声音比唐玥压得更低，几乎是含在嗓子眼里发出的。

"……我知道。"唐玥在地图上标记的动作微微一顿，然后抬头看向周围的环境，"先找水源再休息。"

"嗯。"002点了点头，把地图收了起来。

两人沿着山林走了很久，唐玥手里捏着地图，直到中午时分，看着本来应该记作第一个集结点的地形，她才最终确定了一个真相，她们手中的地图，是假的。

002看着唐玥手里的地图，一时有些傻眼，似乎压根就没有想到教官会这么阴损，在完全没有防备的情况下密集的火力偷袭外，就连给她们的地图也是假的。

"我还偷着乐了半天，原来是这么回事。"002一口口水吐在地上，连呸了三声，还不解气。

唐玥连开口说话的心情也没了，把002和她的地图拼接在一起，再次确认了地图的真实性："起码最后的目标点不会是错的，直接往西北点方向走。"

"可是，不是还有围追堵截么？他们肯定会在那个方向等着我们的。"002想了想，迟疑道。

"是呵。"唐玥这才想起这茬，低头琢磨了几分钟，"两种选择，要么晚上行军，要么直接从这里绕路过去。"说着，圈了圈地图上靠近目标点的另一个方向。

地图上的坐标和标识至少三分之二是错误或者完全跟地形不匹配的，没有准确的坐标地图，单靠晚上行军的方案直接否决了。

只剩下一个可行性方案，可这个方案的成功率还不到30%，002的情绪有点低落，因为似乎看不到任何希望。更加头疼的是，截至下午两点，她们仍没有找到水源的位置，干渴的嗓子都要冒烟了。

两人原地隐蔽休息，002无精打采地靠在树上盯着某片叶子发呆。十分钟后，她的余光不经意瞄到唐玥正看着她的方向轻轻微笑，露出嘴角处的两个梨涡。

002以为唐玥受的刺激太大，疯傻了："哎，001妹子，你该不会受刺激太大，傻了吧？"真可惜，白长那么俊了。

"002，你说在丛林中找不到明确的水源时，还能靠什么方法获取可直接饮用的净水？"唐玥保持微笑不动，刻意压低声音。

"完了，你果然傻了，找不到溪流河水的话，可以直接从植物中提取啊！比如野芭蕉，野葛藤，野……"002一脸可惜地摇头感慨，甚至还伸出手指头点数，点到一半，她突然愣住了。

一分钟后，002猛然转身看向她刚才靠的地方："野芭蕉?！"然后，一个后侧扑，直接扑到了芭蕉树上，抱着它猛亲了两口。

她们两人，被先前的"绝望"整得失去了判断能力，先是擦着头皮的枪林弹雨，再是没命的逃亡，从"死里逃生"的困境中走出来后，还没来得及松口气，又被假地图的事情弄得方寸大乱。一系列变故之后，她们只是执着于寻找明显的水源，却连最起码的常识都忘光

153

光了。

002利落地砍断野芭蕉底部，随手扔给唐玥。

唐玥伸手接住，把芭蕉的茎部对准嘴巴，干净的液体滑入嘴中，等到不再有液体滴落时，唐玥直接剥了芭蕉的嫩芯当食物嚼了。

两人在发现彼此都做了相同的事情后，先是一愣，再是轻笑，接着开始无声地抱着肚子笑。002更是夸张，直接抱着肚子在地上滚了两圈，擦了擦眼角笑出来的眼泪："我怎么觉得，咱俩好像被一杆子打到了原始社会？"

"那，为了能返回现代重新撑起半边天，我们是不是该收集点晚餐？最起码，得活蹦乱跳着回去才行。"唐玥一扫先前的郁闷，两个梨涡越来越深。

休息结束后，唐玥和002边行军边采集一些能够果腹的野果和植物根茎。

红梗菜可以吃，是桂香奶奶告诉唐玥的。这种野菜叶色红中发青，叶梗和根为红色，到秋天才有，稻茬田里较多。一次他和桂香奶奶在田里挖野菜，发现一片稻茬地里长了很多红梗菜，不到一下午，他们便每人挖了满满一篮。

挖野菜的时候，挖出了一个狗篓（一种形状似坛子的篾制捕鱼工具，装在小圳里，上下游的鱼只可进，不可出），他喜出望外，趁着昏暗，扛着狗篓回家，生怕被人发现，像做贼似的。那天晚上，父亲就把狗篓安装在大堤下的小圳里。黎明时唐昊自告奋勇去取狗篓，他几乎拿不起来，以为别人搞恶作剧，往狗篓里塞了石头。探身细瞧，原来是粘鱼把狗篓塞得满满当当。

因为不能明火，怕会暴露目标，所以那些蛇兔等野味没有被她们列在食谱上，除非她们敢吃生肉。

由于地图的不准确性，两人除了行军和采集食物外，还要重新绘制地图。简单的标记参照物作为目标点。唯一值得庆幸的是，今天是个大晴天，没有阴天下雨，更没有乌云密布，到了晚上夜幕降临后，她们还能凭借着星星的位置辨明方向。夜半时分，两人才找了一颗粗壮的大树，准备攀爬小憩。

唐玥蹲在树下，仰望着 002 爬树的姿势，嘴角微微抽了一下，"002，你属猴的吧？"

只见 002 拉着一根军用绳率先开始攀爬，圆滚滚的身体蹭蹭几下就爬到了树上，动作利落熟练的程度，令唐玥不禁联想到了某种灵长类动物，一点都不受先天条件的局限。一连串的动作，迅速流畅，看得出来熟练到已经成了一项与生俱来的本能，令唐玥四人都不觉有点傻眼。

"嘿嘿，从小爬树爬习惯了，村里所有树上的鸟窝都被俺掏遍了。"002 刻意压低的声音，从茂密的树叶间落了下来。

"……"唐玥直接无语。

002 似乎对攀岩项目情有独钟。自从第一次看到副教官随便拎出一个下属，让她演示不借任何力，攀上近六层楼高的悬崖时，她就爱上了这个极限运动。因为 002 觉得，这样飞檐走壁的技能，有种独行女侠的味道，于是闷头苦练。

自从 002 掌握了这个技能以后，她回宿舍基本就没再走过正门，在她的这种行为得到总教官的默许后，新学兵宿舍的大门从此成了摆设。

唐玥越发觉得，002 貌似投错胎了。

两人枕着行囊，分别靠在斜岔开的粗壮树枝上。由于大树枝繁叶茂，加上她们的迷彩装，完全与树叶融为了一体，从下面看根本无法发现她们的身影。

除了蚊虫，一切都很完美。

虽然很疲惫，可是目前身处的环境，让 002 一时半会儿没有什么

155

睡意，索性就咬着树叶梗，透过斑驳的树影缝隙仰视星空，顺便聊天。

"001？"

这集训团定的哪门子破规矩，只让叫代号，不准叫名的。

002忿忿腹诽着。

"嗯？"

"你为什么参军？"

"确切地说，是海军。起源于小时候，我那不知天高地厚的梦想。"

"梦想？比如说？"

"开着军舰找阿妈，这是贯穿了我整个童年的梦想。"

"你阿妈是……"

"我十岁那年，阿妈远嫁台湾了。"

"唔，那你们还有联系吗？"002的心跳，突然慢了半拍。

"一直都有书信往来，阿妈在那一头过得挺好。"

"你呢，002？你为什么参军呢？"

002停顿了片刻，低声道："本来，我要复原回家结婚的，家里人都说，女人最重要的还是找个能干的男人结婚，然后相夫教子，可我……我实在舍不得这身绿军装和那些并肩作战的战友们。"

唐玥什么也没说，只静静听着002有一句没一句地说一些她生活中的琐事，直到002的声音慢慢变小，低喃到完全消失为止。

156

直到，那久违的梦境再次来袭——

每年冬至节，岛民们除了一家人聚在一起吃汤圆外，还会吃"鸡母狗馃"。这种食物有点类似于"米塑"，是用米粉做的鸡、鸭、狗、猪、羊等家畜，也有黄鱼、虾、龟等海洋生物，以及南瓜、玉米、菠萝等瓜果。

唐家院子里有一直径半米开外的大青石磨盘。冬至节前两天，乡亲们就来排队磨粉。往往到深夜，磨盘推子还在吱吱呀呀地响个不停。

磨盘重，推磨是力气活，推磨的 T 型杆较宽，可供两人站着推，于是半大的孩子都被喊来帮忙推磨。

"阿发，别光顾着玩了，快来帮忙！"

"来咧！"

"阿玥，来帮马婶推推磨吧。"

"是。"

磨粉那两天，村里的孩子都围着磨盘转。

"唐婶，你家磨出来的米粉咋是粉红色的，怪好瞧的。"

"用湿粉的呀。先将米放水里浸泡二三天，然后洗净放箩箩里晾干，磨的时候，再加水，水里放点红色食用粉，这样，磨出来的粉就是淡红色的啦！"

"这样啊，回头我也试试。"

"唉，回回做，回回开裂，家里娃挑，开裂的'鸡母狗馃'他不吃，这可咋整？"一旁的李婶唉声叹气着。

"粉磨好后，倒进布袋里，扎紧口子，压上一块大石头，把水榨出来。也可放小木桶里，盖上一层纱布，然后压上草灰包，慢慢吸干水。虽然麻烦了些，但磨出来的粉细腻、黏性大，做"鸡母狗馃"时就不会开裂啦。"

阿妈接了话头，耐心解说着。

米粉揉好后，妈妈们便招呼孩子们一起捏制"鸡母狗馃"。

"先捏轮廓，再捏四肢，记住了啊！"

"阿妈，眼睛咋弄？"

"用细竹签点出。"

"哦，为什么没有黑芝麻，多方便。"

157

　　全家合作捏母鸡孵小鸡是"鸡母狗粿"中不可缺少的内容。阿妈压好圆饼形粉团，当鸡窝，再捏只翅膀半张的母鸡放在窝中央，孩子们有的揉些小圆粒，作鸡蛋，围在母鸡身边；有的捏在壳里欲出不出的小鸡，有的捏憨态可掬的小鸡叠放在母鸡身上和身边，不一会儿，一副亲子乐融融的景象就呈现眼前了。

　　"哈哈，阿玥，你这捏的啥啊？狗不狗，羊不羊的，简直就是四不像嘛！"

　　唐玥憨憨地笑着，她总是捏不好动物，倒是捏南瓜最擅长。搓一个粉团，用竹签压出一道道蔓，再加上一条瓜蒂，惟妙惟肖。

　　捏渔船算是她的创新吧，用粉捏出一个船壳，船身压出花纹，船边勾勒出波浪形，再加上甲板和船舱，很像那么回事。

　　小伙伴们头一回见了，惊讶得半天合不拢嘴："阿玥啊，你居然会这一手。快教教我！"

　　"鸡母狗粿"做好后，放到蒸笼里蒸，米香溢出后，还要再焖会儿才起锅，不然做好的动物瓜果，容易塌脖子或掉瓜蒂。

　　祭完天后，这些"鸡母狗粿"都由妈妈们平均分给孩子们。孩子们早就垂涎欲滴，便迫不及待地啃起来。

　　唐玥吃一半，留一半，小心翼翼地包好，放回橱格，等着第二天再吃。

　　"阿玥，这是做嘛啊？"小伙伴百思不得其解。

　　"等它变硬，更好吃。"

　　一两天后，"鸡母狗粿"果真变得硬硬的，嚼起来，很有劲道，味道也特别，除了米香，似乎还能嚼出动物瓜果的滋味。

3 负重过河

野外生存第五天。

唐玥和002经历了数个阶段：惊险刺激、死里逃生、完全释怀再到重新燃起希望，最后过渡到淡定自若，这一系列的跨度，意义重大。

只是这种意义，在唐玥她们面临着十米开外，横跨在她们前路的近百米宽的河水时，就完全没有了存在的价值。

唐玥看了看这目测有二十来米宽、水流湍急的河流横挡在自己面前，绕行现在看来像是不行的。

野外渡河，是个技术活，掌握不好的话，等待你的将是非常严重的后果。

"渡河，其实是迫不得已的选择，只有在潜入敌方以及非常迫切的需要避开敌人追踪或是只有渡河一条路时，才会被迫选择。遇到山区的河流，千万不能贸然下水，而是观察水流、地势以及河岸的泥沙成分，做好充分的渡河准备，尤其是单兵作战的时候，更应该小心再小心。"马铮的谆谆教导又在耳边响起。

"我从小在河里长大的。"002自告奋勇地道出当年的英雄事迹。

"水陆两栖，你真行。"唐玥直接劈掉岸边小树枝，刮净上面的毛刺后，放在手里掂了掂。又从背囊里掏出军用绳，在绳子的末端系上一块中等大小的石头，站到最靠近河道中央的位置，把绳子连带石头往河中心一甩。

"目测水深约一米六左右。"唐玥拉回石头，低头认真地打量一遍后，做出最终判断，"有淤泥的可能性比较小，水质不算混浊，但不排除泥沙混合的可能。"

159

"……" 002目瞪口呆地看着唐玥动作纯熟的做着下水前的准备工作，一时有点难以接受她的拿手绝活居然被唐玥复制粘贴了。

"你先来还是我先来？"准备工作结束，唐玥脱得只剩下军用背心和裤衩，一只手拎着探路的树枝，询问仍旧处于震惊中的002。

002听到唐玥的话后，瞬间回神，二话不说脱了衣服直接拎着树枝扑通一声跳进了河里，一边用树枝探路，一边缓慢行进。

002轻装往上游慢走15分钟，唐玥也轻装往下游探查15分钟——排除掉了走陆路的可能性。

"注意观察，寻找相对平坦的河道——两岸要方便通行，不能有陡壁、陡崖，选择过河的河面要比较平静和相对缓和。"唐玥细心交代着。

"河水已过膝，而且流速很快，幸好水温不是太低，也还好我们不是过冰河。"002即时反馈着，"而且这个河的漂浮物也不是很多，看样子这应该是一个常年冲刷的河水河道，不是暴洪。"

"好，现在重新整包，包体外的外挂一律收起，做好安全防水。可能的话，回头一人做一个浮漂。"唐玥接口道。

002正暗自庆幸的时候，只见水深已经超过大腿根在她的腰间漾着，快走到河边也就只差几米的时候，002身子一歪，显然没站稳，挂着的树棍子也直直地压进了水里，人更是"啪!"的一声砸在水面上。

"妈呀!"

"002! 站起来!"

"快。拉住我的绳子!"唐玥大喊。

两人心知肚明，这时候如果在水中摔倒，几乎没有自己再次站起来的可能了……

事实证明，老天还是非常眷顾她们的，河水虽然看起来比较湍急，却胜在没有暗流，两人过河花的时间虽然有点长，好在没有发生什么危险变故，一切平安。

而就在唐玥帮助002登岸的时候，突变发生了。

面对河岸的唐玥没有发现靠近她们的危险，只是通过002瞬间严肃的表情，和随手甩出的带套匕首判断出了危险的存在，感觉到左侧有劲风向她袭来，条件反射的她矮身向右侧侧扑，顺着河岸边的砂石杂草滑出近一米的距离，边滑边转头看向刚才所站的位置。

两名头戴黑色军用战术头套，身穿战术服的人，正联手围攻刚刚踏上岸边的002。

看身形，是两个男人。

002有些狼狈地躲避两人的袭击，这样紧迫的时刻，她的嘴居然还闲不住："这是在玩我么？老娘是玩信息战的高科技人才，不是野战队员，野战也就算了，还带围追堵截的啊?!"

听到002的怒吼声，唐玥差点脚滑栽进旁边的河里，脚步微顿，赶忙上前去支援。

当唐玥弯腰想从背囊中掏出衣服穿上时，却被正对着她背部的002一把抓住了肩膀，唐玥吓了一跳，被偷袭惯了的她，条件反射地反身就把毫无准备的002来了个过肩摔，却在听到002的疾呼声时，顺势一把扯住她的胳膊，就近放到了地上。

"啊!!!"002受到了惊吓，一阵天旋地转后，本能地要迎接身体砸向地面痛楚时，下坠的感觉却突然变缓了。

唐玥连忙低头，将002的全身上下打量一遍，发现她除了受点惊吓外，并没有受伤。

"你在背后拉人之前，能不能先吱个声。"唐玥颇为无奈。

"吓死我了，我只是想告诉你，你大腿后面有一条水蛭。"002一脸惊魂未定地从地上翻了起来。

"……"唐玥愣了几秒，这才后知后觉地发现她的大腿后侧有微

微的刺痛感。

惊魂小插曲过后，002 赶忙从背囊里拿出盐，一边往水蛭身上撒，一边忍不住感慨："啧啧，被吸了好多血。"

"嘶，我有点头晕，是不是有 500cc 了？"唐玥捂着脑门作晃悠状。

"噗，小样！"002 一巴掌拍上唐玥的屁股，笑骂道："明明看起来冷冷冰冰的，怎么这么会耍宝？"

唐玥捂着屁股没说话，等到水蛭从她大腿上自动脱落的时候，她也没什么兴趣瞻仰它的体态。两人互相做了一次身体检查，除了那只水蛭外，再也没有发现其他生物后，才麻利地穿好衣服，背起行囊，迅速蹿进了树丛中。

4 不离不弃

两人在树丛中行进了 15 分钟左右，突然从她们的身后响起一阵密集的枪射声，唐玥和 002 本能地掏出手枪，并动作迅捷地各自找到藏身的隐蔽点，互相对视一眼，开始打军种手势。

"5 点方向。"

唐玥竖起大拇指，肯定了 002 的判断。

枪声是从她们刚才渡河的方向传来的，不管是有己方队员被发现了，还是其他什么理由，跟敌人如此近距离交火，实在不是什么好兆头。

唐玥伸手指了指她们各自隐藏的大树，002 一脸了然地点了点头，动作迅速的爬了上去。

两人在树上找了相对隐蔽也方便她们用手势交流的位置，蹲了近半个小时。紧接着，唐玥听到了轻微的树枝离开物体然后被弹回的响声。

"观察。"唐玥以食指和中指分开指了指自己的双眼。

003点点头，将全部注意力集中在五点和六点方向，当她能够完全目测到来人的身影时，发现有两个身穿作训服，手里端着95式自动步枪，小心翼翼地往她们所在方向推进的"敌人"。

"偷袭！"002比划了一个六，示意解决六点方向的人。

002的建议，被唐玥摇头否决了，示意观察和按兵不动。

直到这次野训结束后，002都心有余悸地感慨着唐玥精准的判断能力，如果她真的贸然偷袭了，那么等待她们的，将是被近乎两个班近三十个全副武装的人"群殴"的惨状。

唐玥的谨慎没有错，当第十一个端着武器的"敌人"从她们身处的大树下缓慢推进时，002不自觉地吞咽了一下口水，一动也不敢动地目送着敌人的身影离开。心中却将心狠手辣的教官狠狠地诅咒了N遍。

玩阴的、假地图也就算了，居然还带这样地毯式扫荡，究竟还让不让人活了。

两人在树杈上蹲了近一个半小时，才小心翼翼地从树上滑下来，对视一眼后，002张了张嘴想说些什么，却没说出口。

"好消息，看她们的架势，我们的行军方向应该是没错的；坏消息，按照目前的情况推断，她们是在以目标点为中心，从多少公里以外就开始进行地毯式扫荡。"两人蹲在树边，唐玥一边修改地图，一边低声做出判断。

"现在也许只有一个办法了。"静默许久，002看着地图沉声道。

她们不知道等在前方的究竟还有什么，可除了隐蔽推进外，她们似乎没有别的选择。

再也没有第一天，死里逃生后的如释重负，不管是寻找水源和食物还是行军、休息，她们几乎是24小时都处于高度警戒的状态，总

是一个人端着枪站在一边警戒，另一个人迅速采集物资，然后快速撤离原地，因为之前遇到的那次"地毯式"扫荡，使得002积压了一肚子的怨念，越挫越勇。唐玥甚至都能看到她双眼中迸发出"仇恨"的绿光，在半夜里尤为突出。

"你还是闭上眼吧，我怕你把公狼招来。"唐玥靠在树枝上，闭着眼睛都能感受到002眼中的绿光。

"你还真淡定，娘的，长这么大没被人这么耍过。"002差点没一个高从树上蹿到地上，"我想吃肉，嘴里全是干菜叶子味。"

这句话说得气势全无。

"在我们头顶十点方向，有一只螳螂，应该够你塞塞牙缝了。"

"这你都能看见？"

"晚上抓的，上来时候顺手放在那了。"

"你抓那个干什么？"

"让它抓蚊子。"

"……"

天刚刚有些蒙蒙亮苗头，却因为阴天下雨的关系，整个山间都是朦胧的一片雾气，随着雨势越来越大，整个山路变得分外的泥泞难走，002从最开始的骂骂咧咧，到最后也住了嘴，以保存体力。

两人保持匀速在大雨中行军。唐玥在前面用军刀披荆斩棘地开路，002断后。

两人走了约莫五公里，雨势才渐渐有了点转小的趋势，唐玥抬手看了看表，10点31分29秒，她们花了5个小时，只行进了5公里。唐玥皱了皱眉，抬起右手做了一个五指并拢，手掌直立指尖向上然后握拳的停止动作。

"怎么了？"002立即停下前进的脚步，往前一凑。

"下雨行军效率太低，我们找处相对避雨的地方休息，等雨小点，我们再继续。"唐玥从腰后掏出做过防水处理的军用地图和指北针，认真看了几眼，"3天100多公里，如果绕近路，可以省下近20公里的路，不过近路必须经过一条跟我们训练时差不多宽的河。"说完，看了看两人身后近半人高的背囊，有些迟疑。

"那就负重过河，少走一米也是少。"002难得认真地低头想了想，跟唐玥对视一眼，得到了肯定的答案。

"好，先吃点东西喝点水。"唐玥点点头表示收到，然后四处张望可以勉强避雨的地方，谁知道002听到唐玥的话，嗤笑一声：

"还喝个P啊，我肚子里除了五脏六腑外，有一半是雨水。"

"……"

中午12点50分左右，雨势减弱到了蒙蒙细雨的程度。

两人继续行军，却没想到，这山路比她们想象的还要难走，没过一会，她们的作训服就看不出原本的颜色了，浑身上下除了脖子以上，几乎就被泥水覆盖。

002安静了几个小时，在摔了第18跤后，开始不淡定了："我觉得，特训营的这些教官大概是被他们的女人或男人甩了，然后就把气全部撒在我们身上。"

"你不是挺崇拜他们的么？看到他们示范下水登岸的时候，不是还一度夸他们帅得人神共愤？"唐玥轻笑，戳穿了002善变的本质。

"此一时彼一时嘛。哎，你们说，像那些传说中的特种兵，对待自己的老婆，是不是也这么冷酷无情啊？"

唐玥直接忽略了她的无聊问题，002同志没有半点不开心，开始玩起了自问自答的游戏，而且还玩得不亦乐乎。

晚上9点30分，她们在沿河的一处空地扎营，边仔细查看平铺在地上的地图。

"行军时间近 15 小时，行进距离约为 49 公里。"唐玥说着，指了指她们所在的位置，示意给 002 看。

002 看也不看，头摇得像拨浪鼓："我看到地图就眼晕，对于方向问题，额只能勉强分出东南西北。"

"对于女人来说，这已经算不错了。"002 认真地为自己辩解，比起一般的地图，军用地图来得更为复杂还有自己特定的含义，她真的是有看没有懂。

"啥意思？影射我不是女人？"唐玥似笑非笑地扫了 002 一眼，"没文化真是害死人啊，就不怕我把你卖了？"唐玥收起地图，一只手搁在支起的腿上，咬着一根青草梗晃啊晃。

"记得卖个好价钱，每斤最起码要比羊肉贵。"002 打了哈欠，含糊不清地继续道："谁先站岗？"

十点一刻，两人轮番站岗休息。

拜唐玥参加特训时的习惯所赐，她们停止行军休息的时候，习惯爬上树隐藏在茂盛的树叶后或将自己伪装起来。于是，就在她们蹲树上休息的时候，002 先是隐约听到距离她们不远处，树枝骚动的细微声响。

紧接着，一阵密集的枪炮声由远处传来，天上信号弹的光晕照亮了森林的整个天空，似白昼般明亮。

唐玥的双脚很明显地感受到大地的震动，随之而来的是震耳欲聋的轰隆声。

002 顺着大树滑下，跟唐玥并排站在树边，仰头看着空中的红色信号弹，照亮整个夜空。

"001"002 盯着夜空，轻声唤道。

"这辈子，能够这样热血一次，哪怕只有这一次，我也无怨无悔了。"002 抹了一把脸上的汗水，感慨道。

一直到现在，唐玥才看清 002 额头的伤痕和一身的狼狈，刚想开口询问，却被 002 接下来的话和动作截断了。

"很高兴能够认识你，很高兴我们能够在这里⋯⋯并肩作战。"002 说完，抬手握拳。

唐玥看向 002 在夜空下泛着炙热光芒的眸子，摇头轻笑，与她握拳互击，齐声道：

"共进退！不离不弃！"

5 途中插曲

野外生存第六天。

这些天，唐玥吃过菜根，扒过蛇皮，蹲在茂盛的草丛中解决过内需，磨坏了一双军鞋，挑破了脚上的三个水泡。为了增强出拳的力度和速度，唐玥早在野外生存开始前特意向马铮问了一些关于力量和敏捷度的问题，结合 002 的武术学习。野训开始后，唐玥把所有休息时间都用来锻炼自己的体能和学习武术、擒拿。

早上 7 点，两人整装完毕，为了不打草惊蛇，暴露目标，她们选择了隐秘的山林，披荆斩棘的赶到一个不知名的河边。

002 隐藏在大片的芦苇中，对面前的河水进行勘察。做完准备工作后，看了看面前平静的河水："我先来。"

说着便拉了军用绳举着树杈，嘴里叼着用来呼吸的空心草，对隐藏在一边的唐玥打了一个手势，就摸索着下水了。

渡河的过程，比唐玥想象的要容易很多，整条河水的最深处刚刚漫过她的胸口，泥沙成分很少，基本都是碎石子。

河的对面，驻扎着一个由不同年龄组成的驴友营地，来到这处没有经过任何人工开发的青山绿水间，清晨时分，薄雾未散，烟波浩渺，风景怡人。

几个热爱钓鱼的哥们儿，趁着众人还在酣睡时，拿着马扎鱼竿蹲在河边，享受这难得美好的垂钓时光。

其中S的浮漂突然毫无预警的全部没入河中，紧接着手中的鱼竿狠狠地抖动了一下，S下意识的紧紧抓住手中的鱼竿，对周围的几个驴友喊道：

"兄弟们，快来帮忙，一条大家伙，怎么这么大的劲儿。"说着，差点随着湿滑的岸边整个栽到河里。

其余几人听到呼唤声，在看向他拉鱼竿那架势，赶紧扔下手里的东西，纷纷跑向他的位置帮忙，众人一阵激动，手忙脚乱的扯着他手里的鱼竿，紧张地盯着鱼线没入水中的位置，非常期待。

几分钟以后，一个迷彩的人头随着鱼线浮出水面，站在岸边的几个人乍一看到这个景象，吓得连大叫都没顾上，纷纷跌坐在地，差点失禁。

随着那个人头缓缓露出水面的慢镜头，接着是脖子、身体，然后再是下半身，众人目瞪口呆地看着一身迷彩的军人从河里爬上岸边，转身吹了几声两长两短的像是信号类的口哨后，随手把手里攥着的军用绳绑在了岸边的大树上，然后才低头看向趴在地上满脸惊恐的众人，把挂在她背囊上的那个鱼钩拆了下来。

"哥们，这里是军事禁区，你们怎么混进来的？"软糯的女声，把本来已经回魂的众人再度震出了九霄云外。

"我……我们是驴友。"S是第一个回魂的，结结巴巴答非所问地回应002的问题。

"哦。"002放下背囊，开始脱衣服，想要检查身上是否携带了某些不明生物，比如水蛭。

众男都快石化了。

半小时后，唐玥登岸。

看着距离 002 不远处石化的众男，皱了下眉头："怎么回事？"

"哦，驴友在钓鱼，鱼钩不小心挂在我的背囊上了。我被他们拉上来以后，他们就这样了。"002 穿着背心裤衩，蹲在一边检查装备。

"……"唐玥能够想象到刚才的画面，钓鱼钓了半天，钓上来一个疑似人头的东西，从他们没有大小便失禁的表现看，这几个人基本已经脱离人类的范畴了。

"抱歉，我的战友可能对你们造成了一定的……困扰。"唐玥的用词很含蓄，向众人敬礼，道：

"军事行动，请尽快离开战区。"

众人这才开始逐渐有了正常的反应，却没人回应唐玥的道歉和忠告。

S 惊魂已定的头一句话是：

"咱们解放军什么时候有女侦察兵了？还是说……你们是特种兵？那你们手里端着的枪，是真家伙？95 式？81 式？"

"哟，哥们，挺识货啊？"002 自来熟地蹲到 S 跟前，赞扬道。

两人热烈的讨论起来，S 把刚才 002 害得他差点失禁的事抛到了外太空。

唐玥顺便给其他人讲解基本生存技能，包括可食用的水、食物、怎样在不被敌人发现的情况下生火和选择栖身处所。

"草木灰，可以有效地驱散有毒的蛇蝎毒虫等动物，野战部队扎营野外，可以把草木灰撒在营地周围……"天为顶，树为荫，地为椅，众学员坐在露天教室，聚精会神地听着唐玥解生存技能。

曙光乍现，阳光透过山中密集的树叶缝隙，折射在晶莹剔透镶着露水的低矮草木上，似千丝万缕的金线照在通透的钻石上，炫目耀眼。

可惜，偏偏就有人注意不到眼前的美丽风景，而是将所有的心思

都放在了这些植物的实用性上。

接下来的行进过程中，她们幸运地找到了一处山洞，晚上在里面升起火，过夜就舒服多了。

唐玥坐在火堆旁，用匕首削着细长的木条，想做一个半开的木筐，明天用它来捉鱼。她不能再像上次那样用木棍直接打死它们了，捉到的越鲜活越好。

第二天，唐玥和002用石块儿堵起一条壁垒，过会儿只见一群呆头呆脑的鳟鱼，惊急地在下面乱撞。为了使鱼在被捉到的时候不受伤害，唐玥和002又绕到那群鳟鱼的上游，再找一个狭窄的溪口，也码上石垒，挡住它们溯源的去路。

鳟鱼这时才发现她俩的存在，肥厚的尾巴甩着水花向后跑。而唐玥，早在这群傻乎乎的家伙前面，气定神闲等着它们过来落网。

夜间12点整，唐玥顺着屋顶滑下仓库的墙壁，直接从天而降，悄无声息的抹了一个站岗士兵的脖子，靠在他的耳边低声道：

"同志，你死了，你是自己脱衣服，还是我帮你脱？"一边说着，一边把手伸向士兵的胸前。

士兵本来就很懊恼自己的疏忽大意，听到耳边抹了他脖子的人居然还是个女的，开口就是这么彪悍的言辞，吓得一哆嗦，也不敢反抗，乖乖脱了上衣，却压根忘记了他此刻应该是'死人'的事实，而他唯一要做的就是躺在地上挺尸，而不是主动脱衣服。

唐玥把士兵脱下来的衣服直接套在了身上，动作迅速地离开现场，前往早就观察好的另几处岗哨。

半个小时，趁着月黑风高夜，唐玥又顺利地放倒了五个敌人，抢劫了衣服三件，而且这五个敌人，皆是从背后袭击一举成功的。

唐玥做了先锋，按照时间到达指定地点跟翻墙进来的002汇合后，就听到仓库里一阵闪光弹的噗噗声和枪响声，伴随着一阵低沉的大吼声：

"不许动。"

两人迅速移动，分别从窗户和大门滚进仓库内。

偌大的仓库驻扎了几个不大的军帐，002 翻进去的时候，刚好遇到两个背对着她，掏枪想要反抗的敌人，二话不说，翻转两个侧踢，一脚一个把他们踹翻在地，'砰砰'就是两枪，"你们死了。"002 冷酷地宣布道，然后也不顾他们的反应，直接打着滚翻走了。

"控制。"

"控制。"

"控制。"

唐玥和 002 很快的控制住了整个敌方基地，两人快速向敌军军帐中奔进。

6 马铮获救

野外生存第七天。

眼看着胜利在望，只剩下十几公里的路，她们就能返回基地的时候，唐玥却在半山谷的崖壁间意外地发现了伤势不轻、高烧不退、意识中度模糊的马铮。

经过多时的强烈阳光照射，马铮体力已接近极限：被困地点坡陡沟深，植被稀少，土质疏松，稍有差池的话，马铮便会跌落山崖。

唐玥赶快掏出军用急救包里密封罐中的退烧药，强迫已渐渐陷入迷糊状态的马铮吞咽了下去。

接下去，怎么把马铮救上去？

崖壁周围都是海水，马铮所在的岩石，是在退潮的时候露出来

171

的，若涨了潮，就会被淹没，所以救援必须在涨潮前完毕。

"悬崖附近的海面下都是各种锋利的礁石，大船根本无法靠近，小船又担心被撞碎。"唐玥分析道。

随后，经勘察地形，唐玥和002确定了新的营救方案，决定使用救生绳将马铮拽上来。可是唐玥下去后，才发现马铮左腿不能动弹，压根无法站立，身体只要一活动，就疼得要命。于是，002决定把下到崖下的唐玥与马铮绑在一块儿一起拽上悬崖。

由于马铮体重有一百三四十斤，加上受伤使不上劲，002也下到悬崖下面参与营救。

为防止上拉过程中，绳索承受不了两个人重量，以及绳索被锋利的石壁割断，唐玥又准备了3条绳索，一条绑在马铮身上，另两条绑在了她和002身上。

悬崖壁上凸起的岩石非常锋利，稍有不慎，就可能被扎伤、划伤。

由于土质疏松，唐玥每挪一步，都会让大量黄土滚落，为了不让马铮受到影响，她们只能小心翼翼地向下挪动，救援工作进展缓慢。下午5时，唐玥首先来到马铮身边，将绳子紧紧系在马铮腰后，自己继续向下挪动，最终用手托住马铮的脚底。

根据先前部署，除托着马铮双脚外，002从背部抱紧马铮，唐玥开始慢慢向上拖拽。马铮的双手渐渐无力地垂了下来，人也陷入中度瘫软状态，"抓紧绳子，千万别松手！"唐玥大声呼喊着，马铮几乎是被一点点向上推进……

002又锯了两棵小树，树干并在一块，用绳子捆好，做成了一个简易担架。

唐玥感觉到脸上坠着什么东西，抬手一摸，指尖触到一种滑溜的肉感，好像新生的息肉，唐玥反手抽了自己一记耳光。因为肌肉瞬间绷紧产生的震动，旱蚂蟥从她脸上脱落，砸在一片宽大的树叶上，蜿

蜒盘绕，赤黑的身体扭曲成令人作呕的模样。唐玥急忙忙地一脚踩上去，加装了高强度陶瓷的军靴将蚂蟥踩爆，溅开好大一摊血……惨绿殷红，透过迷雾般的阳光看过去，十分刺目。

唐玥觉得很心疼，因为那是她的血！。

任唐玥如何健壮，也不过一个162厘米近百斤的女子，背着马铮走了一段路，就开始喘得厉害。

侧头看向002，她更是好不到哪里去，两套背囊，几近与一个人的重量无差，却还在咬牙挺着，紧紧跟在唐玥的身侧，空出来的手托着唐玥身后的马铮，以防他滑落。

两人不敢休息，除了进食喝水和帮马铮灌水灌药外，基本上就没有停止过行军。不是不累，不是不想休息，只是怕休息了，就再也站不起来了。

事实也证明，人的极限是随时可以突破的。

下午两点半左右，天鹭特训营门前站岗的士兵，远远地看到烈日下，缓慢行动着的军绿迷彩。

等到能够目测到来人状况的时候，一道干哑的女声破空响起：

"快，通知医生……"说完，在距离大门几十米的地方，一个跟头栽到地上。

医生赶来时，想要把被压在身下的那个女生和叠加在她身上的一男一女分开，谁知拽了半天也没将两人拽开，医生这才掀开上面女生披着的军装外套，三条军用绳垫着几条毛巾捆在她的腰背间，紧紧连着身下的人，缠了整整四五圈。

大家惊呆了，就算是一群铁血的大老爷们，也为此刻他们看到的这一幕感到眼眶泛酸，喉咙里像是被堵了什么东西，吞咽无力。

"用刀。"医生冷静地抽出上面女生腿上绑着军用匕首，两下把绳子隔断，将两个人分开，众人这才看清被压在身下的那个女生的面

容，因为他们的动作，而微微有些上滑的汗衫下，是被勒得紫红一片的腹部。

队友们护住唐玥的手臂微微一抖，没有迟疑地把唐玥抱了起来。其他人也迅速分配完她们的背囊，二话不说一人抱起一个往学校的方向跑。

终于找到组织了，在依稀能看到那无比熟悉的校门时，唐玥的感触颇深，只是觉得心中的某根弦一松，先是听到身边有重物落地的声音，002也支持不住晕倒了。唐玥运足所有的劲儿，大喊了一声后，整个人也失去了知觉。

就在这一动一抬的时候，刚刚还双眼紧闭的唐玥突然睁开了眼睛。

"今天凌晨四点左右悬崖边上发现马教官。低烧、中度昏迷状态。"

"我知道了。"医生低头看向唐玥，发现她的眼神没有焦距，只是凭着意志力，复述伤者的状态。

果然，听到这四个字，唐玥的眼神有了片刻的清明，无声的对着医生低垂的视线，然后，在他怀中再度昏迷了过去。

唐玥只是脱力导致轻微昏迷，外加一点小外伤而已，两个小时后，她就被饿醒了。

然后，看到002坐在她的病床边上，见她醒了过来，突然咧嘴绽开一朵似花儿般的笑容：

"负重150斤越野，好玩么？"

唐玥的接受能力一直很强，但是她从来没想过自己的体能承受能力也是如此的彪悍，回想几个小时前那咬牙挺过来的最后十几公里，唐玥生生打了个寒战，不敢再想下去。

第七章　告别军旗

1 探病

唐玥恢复得不错，回宿舍打点了一下，就拿着教官批的出门条出发了。

天鹭总院离特训营其实不算很远，不过一个小时多一点的时间就到了医院门口。

"请问……"唐玥站在大厅的问询台，刚张口说话，一个气急败坏的声音就从大厅的西北角传了出来。

"这么大的医院，连充足的血都没有，都他妈是干什么吃的啊？"

唐玥听出来了，这是马铮身边的一个副手小江。

"同志，这里是医院，请你不要……"最近军演频繁，血库缺血也是很正常的事情，护士有点受不了他的大呼小叫。

这是专门救治军人的外科大楼，所以除了军人和穿白大褂的医生护士外，很少看到穿便装的其他人走动。

"我是O型血，抽我的吧。"唐玥几步走到跟前，对他们说。

"唐玥？"小江赶紧转身，看到唐玥时，似乎深深吸了口气，这才想起抽血的问题，急忙道："兄弟们，这里有伤员需要B型或O型血，大家帮个忙。"

大厅的人不多，却基本上都是穿军装的军人，听到小江的号召，凡是符合要求的都吱声了，朝着小江的位置靠了过来。

那位护士现在也不嫌小江吵了，带着包括唐玥在内的几个人去做化验测试。

"肋骨断了三根，其中一根肋骨只差三公分便刺进肝脏。脑部有淤血，右腿严重骨折，全身大大小小的肿胀不计其数，静动脉血管也被割断了多处，割除皮肉的刀口不下四十多处。"小江一边看着唐玥抽血，一边跟她解释马铮的伤情。

"这是他第几次受伤了？"唐玥看了小江一眼。

"呃，记不清了。"

唐玥不说话了，安静地看着鲜红的血液从她的手中缓缓流出，许久，才开口道："通知他家人了么？"

"他受伤的时候，从来都不会通知家人知道……"小江接收到唐玥瞥过来的视线。

"我知道了。"

手术一连持续了几个小时，小江和唐玥就这么坐在手术室门口等结果，从接到通知到现在，已经过去了几个小时。期间，小江想去外面买些吃的，帮抽过血的唐玥补充体力，却被她摇头拒绝了："还是我去吧，你这身装备在大街上晃，会吓坏路人的。"

唐玥买了一堆牛奶巧克力还有一些吃的东西，分给小江一些，自己则捧着一罐牛奶安静地啃着面包。

手术灯灭掉的时候，唐玥和小江几乎动作一致的从凳子上站了起来，一起迎向一脸疲态的医生。

"失血过多，不过没有生命危险，修养一段时间就好了，放心吧。"几乎跟小江判断的没有多大的出入。

"谢谢医生，谢谢医生。"小江激动地抓着医生的手，连声道谢。

唐玥脑中一直紧绷的那根弦终于松了下来，"我们可以看看他么？"

医生点点头，然后跟几个助手和护士离开了。

不得不说，军官的医疗待遇确实不错，马铮手术后因为伤势比较稳定，所以直接被推进了单间的普通病房，环境很不错，独立的卫生间，还有一个专门为家属陪床方便而设的一张沙发椅。

小江看马铮的情况已经稳定，又有唐玥在这里照顾，就连夜赶回基地了，他还有事情要善后……

唐玥去附近的大型超市买了几条毛巾和男士日用品，回到医院的时候，已经是傍晚时分。

大概是麻醉剂的关系，马铮睡得很沉，脸色似乎已经没有刚从手术室出来时那么苍白，唐玥用热水浸湿了毛巾然后拧干，帮他擦拭手臂和脸颊，一直忙到很晚，等到住院部的走廊都熄灯了，她才去洗手间梳洗，然后坐在马铮床头，静静地翻着他的简历本。

得知他奇迹般生还，特训营的队友们下午不远千里赶来看望他，顺便将他的"遗物"完璧归赵。

确切来说，是一本集抄录、摘要、心得及剪贴的多功能本，里边杂七杂八的啥都有。

翻开首页，映入眼帘的是一帧厚重的家谱——

马崇仁（1852－1915），马尾船政学堂政稿吏，四品军功。民国十二年，政府追赠"定安将军"。朱崇仁为马氏家族中最早踏入近代海军的先祖。

马崇义（1860－1928），马尾船政后学堂毕业，三品项戴。民国十三年，任海军部中校科员。

马崇礼（1862－1925），马尾船政前学堂毕业，后奉命派往测绘福建海图，五品项戴，历任京广铁路工务段长、"永安"舰舰长。

马善丰（1885－1945），马尾船政前学堂毕业，京汉铁路副站长，民国二年海军部科员、副官，民国十六年授海军造船少监。

马显锋（1921— ），黄埔海军学校毕业，原 A 军副军长。

马绍辉（1953— ），鹭市海军学校毕业，W 舰队鹭海基地司令员。

第二页，工工整整地字体，略显稚嫩，记录着"爸爸马绍辉的故事"——

当时战士的每日伙食费为每天 4 毛 8 分 5 厘。这些钱对于连队的战士们来说是不够的，为了改善伙食，都要自己养猪、种菜、养鱼、磨豆腐等。连里将这些事作为任务分配到每个班，爸爸的那个班里有一块菜地，每天早晚要去侍弄两次。

有一天晚上开班务会时班长表扬说："XXX 同志为了使同志们多休息一会儿，自己一个人提前起床，下地浇菜，提出表扬。"

爸爸听了暗中不服：我明天早上要比他起得更早去浇菜！

要说十几岁的年轻人白天训练了一天，晚上睡起来是没有够的。可爸爸惦着浇菜的事，硬是在天蒙蒙亮时醒了。当他挑着水桶到了菜地，没想到已有人浇上水了。

起了个大早赶了个晚集，满心晦气没处泄。爸爸恨恨地想，明儿我三点就来，我就不信我不能在别人前面。

没有表也没有人叫，为了三点能起来，这一夜马绍辉基本没睡，估摸到点了，他悄悄爬起来，挑着水到了菜地，这回没人比他更早了！

他一个人把菜地浇了，心满意足，觉得完成了一件自己要干好的事。

晚上班务会班长又说了："小马同志今天特别起了大早浇菜，这种争做好战士的事迹应该表扬。"

爸爸心里正暗自得意，没想到班长接着说："小马，你是城里兵，不懂种菜，菜吃露水比浇水更好，你浇水的时间太早了，以后不要这样了。"

这天晚饭后，战士们又去侍弄菜地了。为给菜施肥，连里养猪的猪倌每天用水把清扫的猪粪集到蓄粪池，猪粪发酵后当作肥料浇菜。这天战士们准备捞些肥料浇到菜地里。大家站在蓄粪池边用粪桶捞了一些肥后，肥面太低了，打肥的桶捞不着了。

只见一个湖北籍的战士脱了裤子下到了粪池中舀肥。爸爸见了，二话不说，也脱了背心裤子，只穿了一个裤衩儿也下去了。下去了才知道，湖北籍的战士个子高，爸爸个子矮，那肥水有他齐胸深，站在齐胸的肥水里，那气味，那熏人……

晚上干完活洗了澡，班务会上班长又开始讲评了："小 X 同志今天下到粪池中捞粪，表现非常好！说明他有不怕苦、不怕脏的革命精神，我们给予表扬！但是小马同志还需要想一想城市来的战士与农村来的战士在思想上的区别，为什么同样是下池子捞粪，农村来的战士用肥皂洗澡就可以，而你要用香皂洗澡呢？看来我们还要加强思想改造。"

从此以后，爸爸再也不用香皂洗澡了。

唐玥哑然失笑，翻开了下一页。

第三页，剪贴着一张很有年月的小纸片：

入伍申请书

尊敬的校党委，校革委会、征兵组：

我志愿加入中国人民解放军，志愿献身国防事业，服从中国上级领导的安排，全心全意为人民服务，服从命令，严守纪律，英勇战斗，不怕牺牲，忠于职守，努力工作，苦练杀敌本领，坚决完成任务，在任何情况下，绝不背叛祖国，绝不叛离军队。

参军是我从小的志向，并且一直持续到今天，热情有增无减．在高中即将毕业之际，我向武装部政府请求参军入伍，我的入伍得到了父母的赞许和大力支持，他们都鼓励我义无反顾地去实现我的报国之志。在个人事情上，我深知道一名军人应该安心服役，献身国防，时刻准备战斗。我早已经做好了为军队、国家、人民奉献一切的准备。

首先，当兵是一种义务，是每一个合法公民应尽的职责，是一种义不容辞的责任。

其次我们伟大的祖国在世界上还被许多的敌对分子所仇视，祖国的统一大业尚未完成，还需要我们英勇顽强的子弟兵去捍卫祖国的每一寸土地，每一片天空，每一片海洋，不让它遭到敌人的侵害，维护人民生活的幸福安康。

对于个人来讲，来到绿色军营，是对自己的意志的磨练，对自己身心来一次难得的锻炼，能培养起自己坚韧不拔，吃苦耐劳，遵纪有素的优良品质，是人生一次不可多得的经历，是一笔宝贵的人生财富，在那里能学到在学校学不到的东西，是一个免费的大学学堂，因此，我要参军。

到军营后，我会严守纪律，听从上级的安排，坚决完成所布置的任务．我将用所学的知识及在军营里所学知识和自己的特长，与其他战友通力协作，坚定不移的实现自己的报国之志，全身心投入到现代化军队建设中去，为国防事业奉献努力，一定不会辜负领导的期望，绝不背叛祖国，绝不叛离军队。

假如，假如这次因为特殊原因没能如愿以偿地参军，我也不会气馁，我会找好自己的原因，不会自暴自弃，继续到校上课，学好文化知识，争取下次征兵之际努力实现自己报国之志。

此致

敬礼

姓名：马铮

1994 年 ＊月＊日

一些遥远的回忆翻涌起来，让人变得柔软，会心一笑间，正要往下翻，只听"啪"的一声，有什么掉了出来。

俯身拾起，唐玥有片刻失神。

缓缓打开，是一张照片，海天相接的一线，海鸥背云而飞，晨辉如雾。一个长相气质都酷似她的女孩，正在海天之间巧笑嫣然。

如果不是右下角显示的拍照日期，唐玥真要恍惚了去。

"很像，不是么？"一个声音在身后轻轻响起，在这寂静的子夜，吓了唐玥一大跳。

"马教官，你醒啦？"

马铮很强大，流了那么多血，还动了一个不算小的手术，不过是照片落在地上的声音，就警觉地醒了过来。没有发烧，也没有其他什么不好的症状，嘴唇没有干裂，脸色也没有明显的病态，只是嗓音略有些沙哑。

"嗯。"马铮试着撑手起来，半倚在床头。抬眼瞥见那仍攥在唐玥手里的照片，心下狠狠一抽，那些回忆中的画面次第浮现，仍然清晰而鲜活。

"生命中有太多无端的磨难，能够快乐地生活，有些小小的满足，就已经是美妙的人生，幸福是可望而不可即的彼岸，得之我幸，失之我命。"

当年的海，当年的人，当年的话语，历历在目。

有太多话积在胸口，让他想要倾诉，这些年太多事……他忽然觉得无限感慨，娅淇，我在临死的时候真的想到你。

"马教官？"看着马铮呆愣愣的样子，唐玥突然担心起来，别是摔崖摔得半傻了吧。

"困吗？聊聊？"马铮的神情不像开玩笑，虽是商量的语气，却带着不容拒绝的意味。

唐玥很是警惕："那个，马教官，你要不得劲儿，我去给你整两瓶酒，灌下去就好了，当年我们宿舍失恋的全是这么治好的。"

醉了总比傻了好，那照片看起来很有些年月了啊，难为咱马教官如此情长。

马铮佯装怒气："三天不打，上房揭瓦。有这么和教官说话的？"

唐玥狡黠地眨了眨眼："嗨，你行你最行！哪家姑娘这么不开眼，连咱们堂堂马铮马大教官都舍得甩。"

马铮苦笑，眼神不觉就黯了下去："她，死了。"

这下轮到唐玥错愕了："啊？那个，对，对不起，我不知道……"

"娅淇是我的高中同学，来自台湾……"马铮自顾自地说了下去。

唐玥于是听来了一个长长的故事。

关于马铮的打架史，关于娅淇的"代理保姆"史，关于娅淇的遇难过程，关于两人的各种交集——

"月光纸？"

"对，小时候，常常看到街市在卖一种叫"月光纸"的东西，上面绘有月光菩萨，下面绘有月亮宫殿，有一兔人站立在那里捣药。这月光纸也叫'月光马儿'。"娅淇手舞足蹈地比划着。

"啊，对，我们也有，"马铮若有所思，"我们还烧'塔仔'呢。"

"塔仔？"

"对呀，就是一个上有塔眼、下砌小门、上尖下大、空心圆形的东西。小时候总看哥哥姐姐们垒的，据说烧得越旺表明这一家子会更加兴旺发达，所以他们垒完'塔仔'后总会再去找些松香盐巴什么的来助燃。"

"你们一定也有'兔儿爷'吧？"

"哈，那当然！这可是我小时候最喜欢的玩具了！"

"团圆佳节庆家家，笑语中庭荐果瓜。药窃羿妻偏称寡，金涂狡兔竟呼爷。秋风月窟营天上，凉夜蟾光映水涯。惯与儿童为戏具，印泥糊纸又搏沙。"

"好一曲《燕台新咏》！娅淇，你的记性真好！我光记着当时怎么捏这小玩艺儿了。"

"啊，怎么个捏法？"

"用模子翻塑出来的，先把黏土和纸浆拌匀，填入分成正面和背面两个半身的模子里，等干燥后倒出来，把前后两片粘在一起，配上耳朵，在身上刷层胶水，再上色描金。大的有三尺多高，小的只有三寸，全是粉白面孔，头戴金盔，身披甲胄，背插令旗或伞盖，左手托臼，右手执杵，做捣药状。"

"'七月半鸭，八月半芋'。中秋节期间的芋头最好吃，这时节的芋头芋尾一样浓香酥松。"娅淇不无怀念地说道，"可惜这会儿吃不到了。"

"对对，"马铮连连点头，"小时候，'塔仔'仪式告一段落后，哥哥姐姐们就会捅塌上层土块，扔下几个芋头和番薯，又捅塌全塔，覆上沙土，并不断叩击。过个半晌，就可以吃啦，那味道香的。"

"呵呵，没有芋头不成节！做芋饼、煮芋饭、蒸芋、烹芋汤、捣芋泥、炸芋枣，这期间，如果有新船下水，必须把自家种的芋头搬上新船压舱，视芋为'鱼'、为'余'，剪彩仪式后的翌日再把芋头从船舱里搬出来分赠亲友近邻，借此作为一种迎接丰收好彩头。"

"其实就是马蹄莲。但我们都喜欢叫'海芋'，因为一个传说。"

"哦？说来听听。"马铮一下就来了兴趣。

"有一对老先生与老太太很恩爱，但有一天老先生生病了，没办法动了。老太太都守在他身旁照顾他。有一天，老太太告诉儿子，她想学开车。儿子很讶异，因为老太太连脚踏车都不会骑。她竟会想学开车。儿子问了老太太。老太太回答：我想学开车载你老爸去阳明山看海芋。因为以前你老爸曾载我去阳明山看海芋，指着海芋说'此情永不渝（芋）'。"

"竹子湖畔，海芋花开。位于台北市郊外的阳明山上，每年的三四月份都会开满白色的海芋花，届时就会举行竹子湖海芋的欢庆日。"

"沿着海芋步道可以深入花田，梯田般的海芋田就在眼前展开，一朵朵白色的小喇叭被青山绿水包围着，白色花海遍布整个山谷，衬着远山氤氲袅袅升起的山岚，云雾飘渺之间，常有急驰而过的蓝鹊及悠游自在的鹭鸶身影，在白绿交错的海芋花田来回穿梭……阿铮，你会喜欢这里的。"

……

唐玥全神贯注地听着。

如此亲切，如此熟悉。

那海芋，那月光纸，那有关对岸的，一切的一切。

亚奇野外生存救援营，亚奇，娅淇，原来如此。

"在美丽的南沙有一种贝，人称虎斑贝。他们总是成双成对地生活在一起，但不像鸳鸯鸟那样公开浮在水面卿卿我我，而是很含蓄地沉在海底始终保持着一定距离默默相爱。当其中一只生命结束时，深深爱着它的另一只绝不会苟且偷生另寻新欢。人们只要在沙滩上寻到一只虎斑贝，就一定会在不远的地方找到与它相爱的另一只。"

娅淇不只一次说到过，马铮却总是无缘亲见。

马铮说着说着，声音渐渐低了下去。

十八岁十八岁，

我参军到部队，

红红的领章映着我开花的年岁，

虽然没戴上呀大学校徽，

我为我的选择高呼万岁。

啊，生命里有了当兵的历史，

一辈子也不会感到懊悔。

啊，生命里有了啊当兵的历史，

一辈子也不会懊悔。

唐玥边轻声哼着，边小心翼翼地把簿子的褶皱抚平，重新放回了马铮的枕边。

"你醒了？"查房的护士看到马铮睁开眼睛了，一边看着仪表上的数据做记录，一边跟马铮话起了家常，"你女朋友去给你弄吃的了，马上就回来，有没有觉得哪里不舒服？"

马铮摇摇头，似乎想了半天才想起护士口中所谓的女朋友究竟是谁，大脑也随着这句话彻底开始运作了，"穿透伤？"

"嗯，失血过多，最近血库又比较紧张，还是你女朋友和其他一些战士现抽的血。"

马铮微微一愣，"是么。"

两人说着话，唐玥拎着一个保温桶进来了，看到睁着眼睛的马铮，一时还反应不过来，半晌才道："马教官，您醒了？"

"嗯。"

护士做好了记录，非常识趣地对唐玥交代了几句，就开门出去了。

病房中，陷入了一种诡异的寂静，唐玥把保温桶放在一边，拎着热水瓶去了厕所，把毛巾弄湿拧干后，不发一语地走到马铮的跟前帮他擦脸擦手，避开伤口，用心地擦拭着。

马铮很配合，任由唐玥摆弄，眼睛却一直盯着她的脸，一刻也没有移开："这是意外，我已经很久没有受伤了。"

唐玥还是不说话，只是把保温桶里的粥倒进小碗里，一勺一勺的捣着晾凉然后用嘴试下温度，再一勺一勺的喂进马铮的嘴里。

马铮很自然地配合着唐玥的动作，一口一口吃着她递过来的粥，"这好像……不是病号饭。"

"旁边的小饭店里借的厨房。"

"在天鹭，还呆得习惯吗？"

"嗯，还好。"

马铮在病床上躺了三天，就活蹦乱跳地可以下床走动了，第三天下午四点多，唐玥坐在沙发上看书，马铮则倚在病床上看军报，两人偶尔交谈几句，气氛很和谐。

唐玥则坐在沙发上，静静地看着马铮，若有所思。

唐玥突然发现马铮的眸色泛着淡淡褐色的光泽，不似其他人那般黝黑，尽管如此，却丝毫都不会妨碍他眸中跳耀的光点，马铮的眼中总是暗藏着一种让人无法形容的神采，难以言语。

这是秋色最深的时节，眼前挡着一株红枫，在阳光下凝成红艳艳的半透明似的血润色彩。

阳光漏下几点到他身上，干干净净的海军常服，在午后纯净的光线里微扬着飞尘，干燥而柔软。

2 联合军演

在学员们以为野训仅仅只是淘汰赛的开始时，等待她们的，却是难以想象的残酷训练。

野训结束的第二周，她们直接从人间被打入了地狱。

上午 5 点，15 公斤重物负重 5000 米；

上午 8 点，组合式力量训练；

上午 10 点，射击训练 2 个小时；

下午 2 点，一天中最热的时候，全副武装站在太阳底下暴晒 2 个小时。

下午 4 点，负重 10 公斤游泳 2000 米；

晚上 6 点半，继续负重 5000 米；

晚上 8 点，自由搏击对抗和格斗训练；

凌晨训练结束。

三天一次铁人三项；五天一次 30 公里负重 20 公斤越野；七天一次跳伞训练；十天一次全副武装野外生存训练，带两天食物野外生存五天，行军近千公里，其中还要不间断的执行教官下达的突围，反突围，侦查，攀岩等各项复杂的演习任务。没有休假，没有自由，甚至没有多余的思考时间，除了训练还是训练。还有操枪基本动作、战术训练、擒敌技术、射击训练和野外生存技能既废体力，也废脑力的训练。

她们奔跑，从跑道到公路，从山地到沙石场。

她们跳跃，从三米的高墙到三层的高楼，

不过，这样的训练虽然艰苦，却也肆意张扬，每一天都在挑战自己的极限，到最后，彻底地豁出去了，反而生出快感来。精神把肉体放开，去疲惫，去痛苦，去承受。

算上初训，整体训练期照理说应该为四个月，可现在完全没有结束的迹象，唐玥认为自己全身上下已经被打回娘胎里又重组了一遍，脱胎换骨彻彻底底，唯一坚持不变的只有信念，坚守的姿态，永不放弃的理想与希望。

半个月后，总数 175 个女学员仅仅只剩下 49 人，有人受不了这样高强度的训练，中途退出，有人是直接被医疗队抬走再也没回来。

痛经、脚泡、身上多处擦伤晒伤、蛇虫鼠蚁的叮咬等等，时时刻刻折磨着这帮青春年华的女兵们。直到这时，唐玥才觉得，跟现在的训练强度相比，基地新训期的生活简直像置身在天堂。

一切才刚刚开始，这句话在最初时马铮就说过，可是到现在仍然适用，并且唐玥强烈地感觉到会继续适用下去。

因为这根本就是个地狱，永无止境的地狱。

每一天入睡时都带着劫后余生的庆幸，可是第二天的经历又会让

人觉得原来那都不算什么。第一个月是打基础，疯狂地拉体能，倾泻式地灌输知识。唐玥觉得自己像是一只被人捏住了脖颈的填鸭，拼命张大了嘴，生吞活塞，即使咽得眼睛翻白也不敢放松。一个月之后，她又将被扔到各式各样稀奇古怪的环境里去体验生活。

纸上得来终觉浅，不是吗？

所以，被扔到深山里，自然就能学会怎么看地图辨方向，饿上三天，自然能学会怎么挖野菜吃田鼠，人的承受能力有时候似乎是没有极限的。偶尔的，唐玥会回忆起当初让她畏之如虎的初试体能考核，便困惑于就那么点小阵仗怎么就让她吃不好睡不香，那根本，就像是玩儿似的嘛。

现在的唐玥每天早上起来要跑一个 15 公里全负重越野，跑回训练营后马不停蹄地就是各式器械与基本功的练习，一遍走完，如果没什么意外的话，他们会有 5 分钟短暂的美妙时光来吃早饭，而早饭之后就是全新的，让人无法去想象的神奇的一天。

唐玥开始好奇那么多离奇的训练方式教官们是怎么想出来的，想出来之后又是怎么才能做出如此天才不着调的诡异组合。

都过去了，曾经的美丽人生，唐玥常常会痛彻心扉地回味起最初新兵连时的好日子。

是的，一点没错，好日子。

至少那时候吃饭是管饱的，澡是每天会洗的，睡觉是有六小时充分保证的，嘴巴还是有空去发发牢骚的。

比起封闭在基地里的常规训练，唐玥更喜欢野外生存和高空跳伞，因为在那个时候，她至少能呼吸到自由的气息。

特训一个月，队员们遇到了各种各样的问题，哭过，笑过，却没再有一个人提出退出或是受到严重的创伤。

每三天换一次宿舍，每两天换一次小组，她们在这一个月中，几乎和每一个人搭档过，没有固定的组合，野外生存训练也是通过抽签的方式组队进行。

她们摸遍了陆军装备的所有类型的枪械，拆开组装，组装拆开，唐玥尤其对各种匕首刀具特别感兴趣，走到哪，手里都会转着一把匕首，从拇指转到小指，再从小指转到另一只手上的拇指到小指。

一早起来，就是负重越野五公里，而且是坡度跑，算起来比平地的十公里还困难的多，加上这次可不是轻装，每个人被勒令背上重达50公斤的器械，相当于一袋大米的重量，这还不算，还要在规定时间内到达终点。

天鹭特训营的教官说了，天鹭只有一个标准，那就是优秀的标准，没有及格线这一说，只要最好的，不要一个废物点心，几句夹枪带棒的话，噎得女兵们一句话都说不出来，只能在原地吸气呼气。

武装泅渡、操舟训练、巷战攀爬、野外生存，所有军事项目基本上都是需要小组配合才能完成的。

苦难的日子很漫长，训练的日子又很短暂，唐玥想，就算没有爱因斯坦，她现在也能发现相对论。

河水的水温很低，每次泅渡前都需要花大量的时间做热身准备，以免在冰冷的河水中腿脚抽筋。天鹭的气候，简直就像婴儿的脸一样，说变就变。半个月，几乎有三分之二的时间是在下雨，而各种项目也大都是在阴雨天中进行的，不但增加了项目执行的难度，甚至有一个女兵痛经痛得直接昏死了过去，提前退出训练。

剩下的队员连惋惜的时间都没有，直接被发配丛林，进行为期三天的野外生存。

野外生存，并不像以往训练时那么轻松，除了生存外，还要按照教官的要求，进行伪装潜伏、在规定时间内找到指定目标点，甚至为了夜间行军项目，还特地从基地大队调拨了几套单兵夜视装备。

一块根本就不熟悉的原野山林里，只给简易的地图，让她们自己摸索着过去，真是非常不容易，并且必须在天亮之前完成。期间山地行军 30 多公里，还要穿梭蓝军的严密封锁线和警卫哨，还真是一向异常综合的考核项目。

老规矩，002 把手里的地图交给最善于辨图的唐玥，让她按图索骥。唐玥标注出了两条线路，夜色已经笼罩四周，整个的大山丛林弥漫出可以吞噬一切的黑暗，看上去有点恐怖，两人在半人高疯长的野草下面用手电筒照着，仔细研究图纸，唐玥指了指最上面的一条路线道：

"如果从这条路线通过，最容易躲过蓝军的警卫哨和游动哨，但是这是山的弓背，要多走一半的距离，地形简单，要是从下面这条路线过去的话，就是弓弦，虽然近了不少，但是地形复杂，中间还有一道深深的悬崖天堑，不知道能不能过去。"

唐玥计算了一下，走弓背的话，需要急行军 60 公里，虽然她们目前能应付，却浪费了很多时间，到时候体力也严重透支了，再去和蓝军的核心警卫部队交手，那就只有死路一条了，要是走弓弦的话，保存了体力，还有一搏。

想到此，坚决地指了指下面的一条路：

"咱们走这条弓弦。"

说着沿着地图的方向迅速向前走去，002 急忙跟上，两小时的急行军，两人终于到达了地图上的悬崖，仿佛古代战争时期的天堑一样，对面的远处，可以看见点点灯火，唐玥用夜视望远镜望了望开口道：

"这条路真的很近，过了这个悬崖，对面不远就是蓝军的作战指挥部了"

002 道："近有啥用，你看看这个悬崖，根本没有索道可以通行，难不成咱们变成蝴蝶飞过去啊。"

唐玥低头，就这天上明亮的星光，可以看的很清楚，眼前的悬崖虽然不算很宽，但是却完全没有浮桥和索道，就是连接两边的简易的铁链子也没有，不禁愁眉苦脸了起来。

唐玥向对面看了看，从腰间拿出锃亮的锚爪一抬手，就向对面扔了过去，锚爪爪在对面的一块岩石上，却没勾住，划出一溜火星后，又掉了下来。

唐玥接连扔了三次，锚爪才勾住对岸岩石的底部，用力拽了拽，002有点磕巴的道："那个001，你不是让我们像古代的侠客一样，飞檐走壁吧，拉着这么根绳子过去，危险系数也太高了，这要是掉下去，还不立马就死翘翘了，我可还不想当烈士呢，况且，说穿了，这和演习差不多，不过就是考核罢了，不用咱们玩命吧？"

唐玥白了她一眼："你这么怕死，还上陆战队干啥啊，没听马教官说吗，进了陆战队，每一天都有为国捐躯的可能。"

002道："要是在最后的考核上丢了性命，这岂不冤枉死了？"

唐玥面色一正："可是考核如果不合格，咱们就要被退回去。不行，我就是宁可死在这里，也丢不起这个脸，我觉得自己的命挺大的，这个小悬崖还要不了我的命。行了，你把你的锚爪也扔过去，咱们多弄几道保险也就是了，这边就拴在这几颗大树干上，就是那边抓不牢，这边也松不开，算是双保险吧！"

其实002也明白，经过了这段时间的魔鬼训练，最后被送回去的话，不仅是丢脸的问题，主要太不值了。想到此，果断拿出锚爪扔了过去。

唐玥试了试横在悬崖上的绳子，抬头道："谁先过去？"

002左右看了看，站出来：

"我先过去，大不了20年后又是一个美女了！"

她一句胡乱篡改的话，瞬间打破了凝重的气氛，两个人都轻松了

191

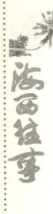

起来，唐玥把 d 形环连接好，拴在她腰间，又拿出一个长长的绳子围了两个圈，牢牢系在她身上："就是搭建的索道顶不住了，这绳子还在我手里，也不会任你掉下去的"

002 嘿嘿一笑："行了，没问题，来吧，为了革命的胜利，姐妹今儿拼了"

唐玥敲了她的头一下："还贫嘴！"

说着抓住索道的绳子用力把 002 推了过去，这边高对面低，高度上的小落差使得这个临时的索道，仿佛自动滑行的高空索道一样，不用费力气自己攀爬，002 还没怎么体会出其中的惊险，已经到了对面，不禁挠挠头，低头在话筒中说："001 啊！那个，能不能再来一次啊，挺爽的！"

到了对面，唐玥叮嘱 002，这算到了蓝军的真正地盘上了，要时刻警惕对方的巡逻队和警卫哨。

凌晨时分，夜行的动物开始细细簌簌地准备回窝，猫头鹰呱呱地号叫着，蓦的，夜空中扑下一大团黑色的阴影，那是它们在扑猎食物。002 跟在唐玥身后，无声无息地穿过灌木丛，所有的脚步声都隐没在午夜的虫鸣与树枝的风动中，显示出良好的训练成果。

凌晨两点，人类睡眠最深的时候，整个村子都是黑漆漆的，只有南边一个吊脚楼里还亮着灯，那是守夜人，但是从夜视镜里看过去，他已经抱着枪靠在墙边睡着了。

唐玥在林子的尽头停下来，压低身形向 002 做了一个手势，然后整个人像压缩到尽头的弹簧那样弹了出去，在草丛中轻盈地飞掠而过。

看她做动作简直是一种享受，在这样战斗一触即发的关头，002还是拿出备份的大脑感慨了一声。

3 考评前夜

集训最终考核的前一天，教官们终于停止了对唐玥她们的变态'折磨'，让她们可以有片刻的喘息机会，起码也要留着最后一口气进行各项技能的考核评估。

"哎，看过没？下个月的特训内容。"难得休息一个小时，002 转着匕首晃悠到唐玥跟前。

002 拿到考核项目的明细单时，张嘴傻愣了半天，"这么多项目，光考核就得考至少一个月。"

"这已经算少的了，别忘了你掌握这些东西用了整整三个月。"唐玥躺在床上闭目养神，抽空回应一下 002 的感慨。

"七人编制小组，阻击、突击、保障……组长全部随机抽取？！"002 眼睛都快脱窗了，指着明细单大叫，"巷战，还是安排在晚上的？抢滩登陆完还得十天野外生存，还有……攻坚战？！我能弃权么？"002 直接躺在床上做挺尸状。

"逃兵要上军事法庭的。别在这叽叽歪歪，赶紧睡觉，明天天不亮就得快速组装射击，枪型还不固定。"唐玥翻了身，直接梦周公去了，留下 002 一人对着月光干瞪眼，不知道是兴奋还是紧张，她辗转反侧了很久，才渐入梦乡。

又是什么在耳边轻轻响起——

"阿叔——"唐玥喊道。

"哎，阿玥，来得正好，快来吃粉果！"

阿叔家宅院的墙角长期摆放着一张宽大的长条木凳。这是一张用百年荔枝木特制的打饼台。有客人来的时候，阿叔就在这上面做粉果和炒米饼招待他们。

"阿叔啊，你这粉果是用啥子做的哈？味道真不错。"吃过的人都赞不绝口。

"用一种叫'齐眉'的香稻米啦，用井水浸泡两日，洗净后舂成粉，晒干后装入陶瓮密封收好，要做时再取出来。李婶你多吃点，这还多着呢！"阿叔热情招呼着。

唐玥特别喜欢吃马家的粉果，每次回来都一气吃两篮格，每篮格20只。

吃得兴起，那咿咿呀呀的《粉果歌》，总在大院上空回荡：

排排坐，食粉粿

猪拉柴，狗烧火

猫姨担凳姑婆坐

坐烂个屁股勿赖我

赖番隔篱二叔婆

临走时，唐玥总不忘给阿公也捎上两格。

有时看到满院子的大姑娘小媳妇，一边做炒米饼一边讲笑，那欢乐热闹的场面，引得阿妈也忍不住脱下外套洗手一起做。

"唐嫂，接着。"

长凳一头的阿婶揩好饼，用力一推，将粉团推到长凳中间。

"好咧！"

阿妈接过，装入饼模中就用木槌拍打起来。

"奇了怪了。这饼印上的花纹咋显不出来呢？"还老粘底，总不能成个饼倒出来。

阿妈困惑郁闷不已。

阿婶凑前一看，明白了几分："嗨，唐嫂你刚开始没用纱布包好的干粉在饼模中扑粉吧？"

"唔，没有……啊，我晓得啦！"阿妈恍然大悟，连忙把粉团抠出来，虚心地跟阿学着重做。

阿妈忙活的时候，唐玥就在一旁待着，自顾自拿了一篮格粉果，有滋有味地吃着，有时也连爬带走挪到不远处，仰头看着阿哥阿姐们上树捉天牛。

4 向军旗告别

海面的上空覆着厚厚的云层，朗月稀星全被遮住，海水黑得像墨汁一般，海军陆战队 T 营三连二排排长唐玥潜伏在冲锋舟里，耳边只有战友们细细的呼吸声。

"排长，啥时候开始登陆啊?"一个黑影子压低了声音询问道。

唐玥低头看表，淡蓝色的灯光在黑暗中一闪而逝，在他的眸中映出一抹异彩。

"还有差不多 40 分钟，大家继续休息，保持体力，不要太紧张，放松点。"唐玥的声音沉静而和缓，没有人听到他的心底在打鼓，甚至连旁边的几个老兵也都忘记了，他们年轻的排长，其实只是个正式入伍不到一年的新兵。

希望这开局不会太差，唐玥深吸了一口气，闭上眼睛，让神经放松。

4 时整，飘浮在这一片海面上的几艘冲锋舟都不约而同地动起来，淡淡的黑影迅疾地在海面上滑行，桨起桨落间看不到一丝水花。

抢滩，他们是保留到最后的一支奇兵，自古以来所有的偷袭都只得一条天理，悄无声息，马蹄裹布。

凌晨 3 点，五个小组分别从不同的方位抢滩登陆，没有预期的突袭和枪林弹雨，唐玥所在小组一脸谨慎地绷紧了脑中的弦，不约而同想到了一个真理：事出反常必有妖。

唐玥不但要暗杀岗哨，进行潜伏侦察，还要负责远距离保护。众

195

人各司其职，因为在训练的时候经常换人进行组队，她们只磨合了半个小时，就已经做到配合良好，早已习惯野外生活，麻木了蚊虫叮咬和在艰苦的环境下生存，一切都进行得非常顺利。她们避开了敌人的防线，摧毁了基础通讯设施，逐步向敌人的腹部逼近。

演习历经 12 天，最后以天鹭特训营成功端掉 B 军区的总指挥部而赢得了这场军演的胜利。

铁打的营盘流水的兵，一年一度的老兵退伍日子如期来临。

"稍息"

"立正"

一个标准的转体，唐玥向指导员敬礼："报告指导员，海军陆战队女兵分队整队完毕。应到 25 人，实到 25 人，请指示。"

指导员还礼："全连带到鹭海广场。"

"是！"

礼毕，又是一个漂亮的转体。

"全体都有，向左——转"

"齐步——走"

"1——2——3——4"

"全体立正，奏军歌，迎军旗……"庄严的军歌奏响，回荡在鹭海基地上空，鲜红的军旗在护旗手的护卫下入场。

"向为我们遮风挡雨给予我们温暖的营房告别，敬礼！"

"向与我们朝夕相处情同手足的战友告别，敬礼！"

"向关心帮助爱护我们的领导告别，敬礼！"

一次次转身，一次次敬礼！很多老兵眼里浸满了泪水，有的已经是泪流满面，有的竟忍不住哭出了声音。但任凭眼泪在脸颊上横流，任凭喉咙在"咕咕"地作响，她们仍努力地睁大着眼睛，神情严肃，抬头凝视着高高飘扬的军旗。

"向军旗——敬礼！"

指导员一声令下，20多名退伍女兵，军容严整，表情肃穆，齐刷刷举起右手，向军旗行最后一个庄严军礼，久久不愿放下。

"我是光荣的海军战士，现已完成兵役义务，依照法律光荣退伍。我宣誓：牢记我军宗旨，永葆军人本色，珍惜军人荣誉，发扬优良传统，保守军事机密……"

铮铮誓言，掷地有声。

"礼毕。卸帽徽、肩章、领花，戴大红花！"

清晨，连队照例整队出操。当出操号再次在耳边响起时，唐玥早已穿衣起床，一个人坐着，想着，有点茫然。

离别的气息在空气中淡淡弥漫。

肩上光秃秃的肩袢无时无刻不在提醒着唐玥，她将永远告别军营了。

可她始终舍不得换下这身早已卸掉军衔的海洋迷彩。

天色渐亮，黎明的曙光伴着大自然的气息映入了唐玥眼帘。"立正"、"向右看齐"、"向前看"、"向右转"、"跑步走"。"嚓、嚓、嚓"的脚步声如此清晰、如此熟悉，仿佛像一种美妙的旋律，在军营上空回荡。不想多说什么，只想多踏几次、多跑几步，最后一次享受这美好的旋律——

　　把心留在了这里，

　　把爱留在了这里，

　　一个背包怎装得下战友的情意。

　　青春留在了这里，

　　热血留在了这里，

　　声声珍重，饱含着万般的思绪。

　　相聚时五湖四海，

分手时南北东西，

送一句一路顺风，

道一声万事如意，

噢——噢——

何时何地才能相聚。

把话藏进了心里，

把泪藏进了心底，

即使分手怎拉得开战友的距离。

钢枪留在了这里，

帽微留在了这里，

声声汽笛将开辟新的天地。

忆往昔岁月峥嵘，

看前程长虹万里，

你的那兵腔难改，

我的那兵味难洗，

噢——噢——

军旅生涯怎能忘记。

······

5 相逢在亚奇

　　马铮的亚奇救援营始终没有忘了唐玥，一纸聘任书让刚刚脱下军装的她纠结了老半天。军人就是军人，一旦决定了不带含糊的，第二天一早唐玥就出发了，目的地——亚奇救援营。

　　辗转了几种交通工具，最后翻山越岭徒步越野近三个小时后，一个挂着"军事禁区，请勿靠近"的牌子出现在唐玥的视线中。

几乎在同一时间，四五个披着干草树枝的人呈包围状将唐玥围在了中间，为首的小战士昂首挺胸敬了个军礼："同志好，这里是军事禁区，请配合出示您的证件。"

唐玥回礼后，掏出聘任书，递了过去。

小战士低头认真看了看，又不着痕迹地上下打量了唐玥几眼，这才郑重其事地把聘任书还给了唐玥，并热心地为她指路，"转身右拐，再往西北十一点方向走半个钟，就能看到救援营的大门了。"

"谢谢。"唐玥习惯性地抬起右手，敬了个军礼。看着小战士错愕的表情，又看了看身上的休闲装，这才恍然，吐吐舌头，做了个鬼脸，随即侧身走出了他们的包围圈，一派从容地往十一点方向走去，丝毫没有走错方向的窘态。

半个钟后，唐玥在救援营的大门口看到了两个似曾相识的身影，眯眼看了半天，才确定两人的身份。

"沈昱？002？"唐玥很少将情绪外露，可是眼前的两人还是让她大感意外，看了看三人手上同时拿着的聘任书和眼前的救援营，乐了："基地啥时候搬到这里来了？"

"臭丫头，几年没见，连个礼都不懂得敬！以前的规矩都哪去了？"沈昱一巴掌拍上唐玥的后肩，真够疼的，这沈家大小姐，几年没见，越发长进了。

唐玥刚甩甩膀子想要以牙还牙，却被002挡住了，"唐玥同志，再叫我002，我也再拍你一拍！"

"哈哈，Yes，Madam！"

沈昱回头指了指几个方位："西北角是我们的宿舍，这里是救援营的正门，南门在那边，东北角是食堂，还有那边……"

"……"唐玥的脑子还有点转不过来，正晕乎着，门口又多出两人，小江露出一口白牙，朝唐玥摆了摆手，"嗨，唐玥同志，又见

199

面咯。"

马铮嘴角轻扬，"好久不见。"

唐玥轻笑："好久不见。"

这时门外"嘀嘀"一阵急促车鸣，一辆绿色三菱吉普戛然而止。

车上下来一位身量中等、体态微胖、满鬓银发的老人，举止轻捷，步履稳健，一身老式军服，上身还套了一件棉布马甲。

"爷爷，"马铮诧异地迎上前去，"您怎么来了？"

马显锋剑眉一竖："想孙子了呗，不行吗？"

"哎，爸不是说了，要您好好在家躺着嘛！这么不听话！"马铮佯装生气。这爷孙俩生起气来的模样还真像一个模子刻出来般。

"嘘——可不许告诉你爸，不然和你没完！"马绍辉较起真来，连他这做爹的都要惧惮三分。

唐玥四人在一旁傻乐，都说人上了年纪，脾性又会变成小孩子一样的，看来此言非虚。

"这些是——"马显锋转头瞥见了四人，趁机转移话题。

"唐玥、沈昱……"马铮依次介绍着。

"这是我爷爷，马显锋。"

"马爷爷好——"异口同声。

"好，好，大家好，哈哈！"硬朗的声线，中气十足，"唉，时间过得真快啊，一晃就是半个世纪啊！"

随即再次看向唐玥："这就是唐玥，哈哈，百闻不如一见！"随后又竖起了大拇指，"惠安女，好样的！"

在家中，他的宝贝孙子可没少提这个倔丫头。

唐玥不好意思地挠了挠头："马爷爷，能和我们讲讲您当年的故事么？"

早在进基地前，马显锋的名字就如雷贯耳，对于这样一位传奇人物，唐玥一直景仰在心。

一提起当年，老爷子就来劲了："哈哈，想当年啊，那叫一个沸腾……"

隆隆炮声依稀在耳，时空一下子拉回到 40 年前——

"哇——"一声凄利的啼哭响彻堂前屋后。

"拿香来！快！"桂香奶奶的声音自里屋传来。

唐玥终于明白，原来当年的阿妈，就是在这场轰隆隆的炮声中丢了魂的……

"唐玥？唐玥！"沈昱狠力捅了捅。

"啊？嘛呢？"唐玥两眼茫然，显然还没回过神。

这时候，马老爷子早已离去。

"宿舍已经安排好了，你们先住下，唐玥，你明天跟我到特训营去一趟。"马铮的声音在耳边炸响。

唐玥眉头一皱，打了个寒战："干嘛？"

"让你过过教官瘾，怎么样？"

唐玥苦笑地望向沈昱，一脸无奈。

明摆着，才出虎穴，又入狼窝。

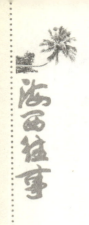

第八章 海西啊，海西

1. 海上情思

2009 年 9 月。

台湾团体游开放第二年。

这一年，也是唐玥来到亚奇救援营的第七个年头。

一张纸条，烂熟于心；一个愿望，埋藏多年；一项计划，即刻执行。

攒了七年的年假一并休了，只为一种奔赴。

看着马铮二话不说地批了假条，唐玥的心中，除了感激，还是感激。

一声汽笛鸣响，游轮缓缓离开了码头。船身在海面上划出一道洁白的浪花，瞬间又恢复了平静。回头望去鹭市已渐渐地在视线中消失，那矗立在琴岛之上的民族英雄郑成功塑像，双肩披着霞光，面朝宝岛，气宇轩昂。

略带咸味的海风，在唐玥的脸庞上抚娑着，丝丝如酥，心境渐如远天鸥翎般飞旋。初月冉冉而升，银光在船舷上满满铺上了一层白霜。

唐玥在船舷边站了许久，直到丝丝霜凉，携了夜色旖旎而至。

远远地，海岸依稀可见，金门岛渐渐印入眼帘。

唐玥收拾好行李，把写有阿妈地址的纸条小心翼翼地揣在内兜，顺着人潮下了船。

一段窄窄的海滩旁，是高耸的石崖，石崖上长满杂草和低矮的树，隐约可见一个暗堡。

抚了抚紧贴胸口的那张小纸条，唐玥竟然觉得有些不真实：

我真的到对岸了吗？这就是我日思夜想的宝岛吗？

2. 阿里山遇险

旅游大巴沿着盘山公路蜿蜒而行，一侧是山峰，一侧是高壑，万丈深渊近在咫尺，让人看了不免心惊。

眺望远处山头，云雾缭绕；近看左右山坡，佳木繁茂。在和缓地时常可以看到片片茶园，户户人家，一派现世安稳的静好。

"高山青，涧水蓝。阿里山的姑娘美如水呀，阿里山的少年壮如山唉……"

一路飞歌，众人终于来到了地跨南投、嘉义两县的阿里山。

"阿里山属于玉山山脉的支脉，由地跨南投、嘉义二县的大武峦山、尖山、祝山、塔山等 18 座大山组成。主峰塔山 2600 多米，游览区也多在 2200 米以上。相传以前，有一位邹族酋长阿巴里曾只身来此打猎，满载而归后常带族人来此，为感念他便以其名为此地命名。"热情的导游侃侃而谈。

大伙儿跟着导游顺山而行，山路曲折，大道小道石子径，一路上尽享山间云雾雾中花。阿里山正值花期，一棵棵樱花、紫荆花及各种不知名的花卉争奇斗艳，总让人流连驻足。

车过一处长满巨树的山坡，这就是传说中的神木所在了。一棵棵

203

粗壮的树干参差排列，昂首直向蓝天。树头连着树头，只漏下些许斑驳的光影。林中隐约可见一座日据时期的树灵塔，倍添萧森气氛。

"原来最早的那棵神木，树龄应该在 3000 年以上，可惜 1956 年时遭雷击起火而死。后来为了防止树身倒塌对铁路造成危险，经过简单的祭拜仪式便将这棵神木放倒了。从此这棵神木便成为遗址供人瞻仰，倾倒的树身就在铁路旁，在火车上就可以看到。"导游敬业地介绍着。

万寿无疆的事是没有的，一棵树能活到 3000 年已是传奇。

唐玥正感慨着，突然便站不稳似的打起晃来——一下、两下，三四秒钟吧？血压高了？高山反应、头晕了？再看身边同行的游伴也是愣愣的……

"地震了！大家别慌啊！"第一个喊出声的是导游。

导游很平静，像没事儿似的招呼着大家。"来的那天我就报告给大家，台湾处在太平洋地震带上，一年差不多地震 3000 次，有感地震也在 300 多次。不怕它震，就怕它不震啦，能量总得释放出来啊！没事吧？好了，我们向神木火车站进发……"

一个小时后。鹭市亚奇救援营。

马铮正在桌前办公，手机一阵震动，不经意瞥了一眼，呼吸瞬间一滞：据台湾"中央社"报道，台湾嘉义阿里山今天下午发生里氏规模 4.1 级地震，最大震度是云林草岭 3 级。根据台湾地震测报中心地震报告，这起地震震中在阿里山地震站西方 10.5 公里，深度 9.4 公里。

马铮双手颤抖地按下十一位烂熟于心的数字，一片忙音。

一天、两天焦急的等待，经过两会紧急搓商，终于接到，派遣国家蓝天救援队赶往阿里山，马铮为首的亚奇救援队协同参与此次救援行动。

飞赴灾区的出发地，定在鹭市机场。

"据台湾"中央社"报道，受地震因素影响，阿里山神木线小火车行驶途中遭断裂大楠木枝干砸中，导致4节车厢翻覆，其中两节车厢完全脱轨并翻覆至铁道旁的悬崖，另外两节车厢脱轨但仍然倾倒在铁轨上。事故造成5名大陆旅客罹难、100多人受伤。罹难的5人都是大陆游客，均为女性，身份正在进一步确认中……"

播报的细节越来越多，马铮心急如焚。

唐玥只依稀听见座旁的队友在窗边自言自语地说了一句"哪来的锯木声，怪闹耳的……"突然惊天动地一阵巨响，把她的半截话刀一样地生生切断了。

"小心！"唐玥本能地把队友狠力搋向一边，自己却没来得及躲过劈头压下的枝干，一阵剧痛袭来，两眼一黑，昏了过去。

阿里山事故现场。

受到肇事树木直接撞击的车厢外壳严重变形，车窗玻璃几乎全毁。两台履带式机械臂正将全部4节出事车厢一一吊装，运往嘉义作进一步的检查。

嘉义林管处阿里山工作站，以及阿里山区所有消防救难人员和卫生所人员全部出动，因为救援不易，空军救护队也立即出动两架海鸥直升机赶往现场，以吊挂方式，载送重伤伤患下山急救；嘉义林管处则是加派列车，赶到事故地点，接驳伤者到阿里山站，转搭各式救护车辆下山接受救治。

"医生，病人情况怎么样了？"马铮连夜赶到时，唐玥已整整昏迷了两天两夜。

"不容乐观，有可能是弥漫性脑轴突损害。这种病情CT和磁共振多查不出来，建议增强磁共震，才好确诊。能否复苏在于及早的对受累神经进行充分的血供营养以及兴奋激活才能恢复神经获得复苏。"医生眉头微皱。

"短期内是不容易醒过来了？"

"也不是完全没可能。可以使用高压氧结合促醒药物的治疗，平时还要对患者进行肢体的按摩和定时的床上翻身，防止肺部感染和压疮的形成。"

"谢谢您，医生！"

送走医生后，马铮回头，看向病床上的唐玥，皮肤的小麦色比以往深了些，额前的碎发没有遮住她额头的那处新伤，眉峰的形状让她的五官散发着一种难以言语的坚毅之气，挺直的鼻梁，嘴唇饱满轮廓清晰，即使处在昏迷状态，嘴角两处梨涡的轮廓，仍然依稀可见。

马铮轻声上前，正要给唐玥掖被角，发现她的右手心紧紧攥着什么。掰了半天，终于松了手，原是一张小纸条。

"台湾台北市文山区……电话：091……"

电光火石之间，马铮蓦地明白了。

思前想后，马铮拿起手机。

3 是梦，不是梦

又梦见大竹岛了。

又梦见桂香奶奶，那一口纯正地道的闽南腔，自舌尖上泼撒开去——

从前，台湾和大陆相连，中间没隔一个台湾海峡。这搭有一个所在叫做东京，很热闹，人很多，也很富，但是富的人很抠鬼，认钱没认人。有一个臭头和尚，一身生疥烂呀汁流汁滴，去东京共人赏，没一个要一碗给伊吃，一文给伊用，还鼻孔捂咧赶伊：

"去乎，去乎，一身臭嫌嫌，去别处赏，去别处赏！"

臭头和尚一世界赏没，行到山边，遇着一个少年家，咧挨豆干豆腐。

那少年家说："老师傅，我今日还没卖半文，没现钱俏给你，你若腹肚桍，豆干豆腐豆花，做你吃。"

臭头和尚听见伊这样说，将豆干提起来大嘴就吃。豆干吃了吃豆腐，豆腐吃了饮豆花，亲像三暝三日没吃，如虎似象，将少年家的豆干豆腐吃了了，一鼎豆花也饮了了，连应嗝一下都没，肚腹挛挛咧，呵一个大耳，目啁絮絮说："爱困仔。"

少年家就将和尚扶去伊床咧。臭头和尚一贴着床铺，倒落去现鼾，衫裤没脱，破草鞋也原穿咧。少年家共伊牵被来盖，重新浸豆，准备再挨。

臭头和尚醒来，看见少年家咧挨豆，共伊肩头搭搭咧说："少年家，大度量。贫僧没啥俏报答你，送你一句话，你得谨记。"

少年家说："什么话？"

"石狮吐血，地牛翻身，沉东京浮福建。"

　

海边的礁石上，在某一处坐下，感到身子下面有中午的阳光蓄留在那儿的力量。粗糙的礁石里，那些暖热的力量，粗糙地缓缓地散发出来。

海浪从远处推送过来，一波一波的，浑然无隙，带着远处和海底潜藏着的不可测识的力量。那样的耐心，是骇人的。

低头看礁石与礁石之间的缝隙，海水忽地一股过来，忽地又是一股，似乎是要无尽地涌过来，固执地穿石而去。

天色渐暗，海中央的天后娘娘却是慢慢亮了起来，柔和的亮，微微的亮，不隐也不显的亮。娘娘的心口处，隐约有灯盏，柔和地映着慈祥的脸庞。

再晚些时候，娘娘已沉浸在深深的暮色里。映着脸颊的灯盏，也越发明亮了。

"阿玥，阿玥……"

娘娘柔和的脸庞近在咫尺，软软的声线，催人欲醒。

眼前的世界，渐渐清晰，直到清明。

熟悉的身影，熟悉的气味，熟悉得不能再熟悉的声声唤：

"阿玥，阿玥……"

恍然如梦，亦真亦幻，却又分明触手可及的真实。

唐玥眼角一酸，大颗大颗泪珠滑落：

"阿妈——"

马铮悄悄退出病房，悄悄带上了门。

一个月后，病愈的唐玥辗转来到了鹭市琴岛。

琴岛之于唐玥，原只是存在记忆深处的一片回响，在黄昏的时候，由一个内心苍茫的人低沉地咏叹。原以为琴岛于她，不过如朗然夜空中的星辰，是她永世无法触及的，然而一旦置身其中，她便像一个怀揣着爱情的懵懂少年，被那些古老的建筑，被音乐，被常青的植物，被岛上氤氲的气韵深深打动。

唐玥乘着游轮登临岛上是在一个海风鼓荡的下午，一株根须下垂的巨大榕树照亮了她的眼睛。琴岛像一座小小的山城，游人得从低地走向高处，整座岛上没有一辆汽车、摩托车，甚至没有一辆自行车或三轮车，需要用自己的双脚慢慢地感受它的从容与悠闲。

深处的石板小巷叩响了轻悄的足音。岛上的住户大多临着小巷建了院落，只从镂空的旧式铁门看到古老院子的一角，这些古老的院子都掩隐在高大的树木之中，游人只能从微蓝的天空中看到它们向上的枝丫。

缓缓拾级而上，一个石砌的寨门，据说是郑成功当年建造的屯兵营寨。寨门右边有块上端平坦的巨石，刻着"闽海雄风"四个大字，那是郑成功操练水师的水操台遗址。水操台前面，据说当年是一片海滩，涨潮时战船可以直接开进来。郑成功就站在水操台上发号施令，指挥操练。

微喘着气登上山顶，整个鹭市，整个大海就在脚下了。那阳光越发的暖，那海风几乎要将人吹下山崖，那曾经淤积在心头的愁绪竟可以轻轻散开，那一种思念，在一览无遗的浩瀚面前，如此真实……

向晚时分，当一所旧楼的琴声悠悠响起，所有的老楼仿佛都从古老的睡梦中醒来了，瓦檐上曲卷旖旎的浮雕都隐约可见了，因为音乐掩去了杂乱凋零和烟尘，掩去了修复所拼搭的不和谐，隐去了岁月的痕迹，深绿色的榕树散发着厚重悠远的气息，一瞬间唐玥仿佛回到了昨天。

又是哪位执著的歌者在岛上低吟："雾打湿了我的双翼，可心却不容我迟疑，岸呵，亲爱的岸，昨天刚刚和你告别，今天你又在这里，明天我们将在，另一个纬度相遇……"

昨天，再昨天……唐玥的心绪在琴岛上如一颗纵古越今的岩石，此时此刻，这个时光倒流的瞬间，她再也难忘——

从前，台湾和大陆相连，中间没隔一个台湾海峡……

金戈铁马，纵横海疆

——写在《海西往事》出版之际

京城冬日，万物凋零，唯阵阵涛声不绝于耳。一坛尘封六十多年的老酒缓缓开启，芳香扑鼻而来。往事悠悠，岁月峥嵘，行至半百，追今抚昔，我之所属，难下定义。那些人，那些事，一幕幕、一幕幕在眼前闪动。

我不是政客，却长年混迹于政界；我不是商人，经年累月徘徊于商圈；我不是文人，却时常与文字结缘。可能是忙碌，也可能是心情，许多故事装在心里，一直疏于表达。于夜深人静时敲打键盘，触摸思想，放飞灵魂，便成了洗涤身心的最好良方。

山一程，水一程，征途迢迢路难行；风一更，雪一更，故园乡音可曾听。多少个不眠之夜，总有一个声音在耳边响起，如水流过空山，如风漫过原野，一些模糊而又熟悉的画面从心头掠过，一种叫作"往事"的东西，云雾一般缠绕在身上，捉摸不定却又无所不在，我无处可逃，就这样心甘情愿被往事俘虏。

轻轻闭上眼睛，蓝色的天空中游弋着朵朵白云，谧静的海面上停泊着一排排帆船，咸湿的土地绿满四季。银色的月光洒满细软的沙滩，柔柔的海风把劳作了一天的渔家人送入甜甜的梦乡……这就是我记忆中魂牵梦萦的渔港，我的海西我的家。

"阳光、沙滩、仙人掌，还有一位老船长……"我出生在歌词中的海边，在这里度过难忘的童年、少年时代，对大海有着一种天然的崇仰和感恩的情怀。我的几位舅舅都是饱经风霜的老船长，一生风里来浪里去，所以从小我对渔网和帆影就不陌生，对"秦皇岛外打渔船，一片汪洋都不见"的诗句自然多了几分理解和感知。"讨海人"是闽南语中对渔民的称谓，他们深知大海的无私与博大，因了崇仰和虔诚的情结，因此一直认定自己就是向大海讨饭的人。

我的父亲也是虔诚的"讨海人"。爷爷奶奶早逝，从十一二岁开始，父亲便挑起了家庭的生活重担。二十几岁开始，当了几十年大队长（村长），一生一半时间奋战在浙江舟山群岛，指挥家乡渔船捕捞作业。渔业资源枯竭之后借调到农业技术部门，走村串户，研究推广种植技术，汗水洒遍田间地头。后来转到了粮食系统，负责缺粮贫困大县的粮食统购，足迹踏遍大江南北。

身为一名渔业指挥者，父亲坐镇舟山群岛整整二十年，指挥大批渔船在茫茫深海捕捞作业，洋流渔汛滚瓜烂熟，每次作业满载而归。大批渔船转场北上的壮观场面，捕捞船队南下返港的热闹景象，至今在我脑海里翻滚。

作为海的儿子，我自豪，我骄傲，因为大海的馈赠远远超过陆地山林。小时候，即使生活多么艰难，鱼、虾、蟹也从未在饭桌上消失过。初一、十五落大潮，正是人们赶海的好时机，只要熟知潮汐海流，不怕礁石暗滩，必能满载而归。从来故乡连着胃，少小离家三十载，鬓毛未衰口水流。一碗面线糊，半载返乡路，和着海蛎煎的香飘，久久不曾淡却。

因为父亲的缘故，矗立东海门户的沈家门渔港我去过很多回。每当站在岸边，凝望对面香火袅绕的普陀山，禁不住潸然。海鸥声声，海浪阵阵，那分明是父亲的魂音在舟山上空飘荡。

"骏马匆匆出异乡,任从腾地立纲常。年深外境犹吾境,日久他乡即故乡……"这是我的叔辈黄道明先生亲自为祖厝题写的黄氏认祖诗。他是黄埔警校一期的学生,解放前随国民党军队撤退台湾,曾任台北市警察局长,退休后经常往来于大陆两岸,多次携儿女返乡省亲,现为台湾著名书法家。在老家,还有很多叔辈们象他一样,闲暇之时,舞文弄墨,吟诗诵词,和着咸湿的海风,在这片寂静的渔村上空飘散着缕缕文化生息。我自幼喜好书法,迷恋篆刻,也是受叔辈们的熏陶所致。一湾浅浅的海峡,一缕长长的牵念,因为军旅,因为亲情,我的台海情结,从此难舍难分。

可能这一生注定要与大海结缘,海的儿子终于当上了海军。"18岁,18岁,参军到部队……"十八载的军旅生涯,我传奇般地横跨海陆空等诸军兵种,在空军时当的海军(航运部队),在海军时当的空军(海军航空兵),"三军司令"的外号随之而来。从南海、东海到北海,18000公里长的海岸线,无数次留下了我匆忙的脚步;从亚龙湾到舟山群岛,从渤海湾到胶东半岛,美好的时光和欢歌笑语,总是令人难以释怀。虽然我不在舰上作业,不是真正意义上的水兵,但时常与舰上官兵有着亲密接触,日常工作、生活中也全是关于海的故事。海魂衫,蓝飘带,迎风破浪在茫茫深海,那是一种什么感觉。直到现在,一靠近大海,一听到涛声,一种将士出征的豪迈跃然心头,"离码头部署"的号令终身在耳旁回荡……

命运中的拥有,源于不断的选择,不泯的追求,不弃的坚持。人生像一截木头,或者选择熊熊燃烧,或者选择慢慢腐朽。豆蔻年华,有谁愿意灵魂受到摆控;满树苹果,总是要从青涩变成红润!

花头巾轻轻扬起,黄斗笠顶起一方,宽大的银腰链如波如浪,在腰间起伏。每当风从故乡走过,腰肢响了,扭动着潮声,充满活力地告诉你,她们是世界上最柔韧的花朵,美到天边,美到无言。

惠安女，女兵，这两个称谓无论如何也联系不到一起。一个传统到盘古，一个现代到未来，花头巾的色彩逐渐淡去，取而代之的是国防绿的帷幔。转眼间，女儿也当兵去了，大海是她无二的选择，深蓝是她人生的目的地。一条洒满阳光的路在脚下延伸，生命的韵律与节奏，传颂着令人心醉的时代赞歌。所有山水被季节陶醉，呢喃着一个美好的心愿……从此，背着父亲的呐喊踏进水天。

照片上，一位身着戎装的少女，鲜亮的领花映着如荷的笑靥，庄严的军帽衬托出别样的英姿，直视远方的眼睛少了几许妩媚，多了一些坚毅。照片一角依稀还有一行小字：把娇气扔在一旁，把坚强打入背包，把舒适锁进抽屉，把追求带到军营。

岁月就像一条河，左岸是无法忘却的茵茵回忆，右岸是值得珍惜的青春年华。有多少爱可以重来，有多少路可以重走，在陪伴孩子走过的这二十几年里，有多少甜酸苦辣值得回味！草原人说，离开骏马，是因为太想得到它；天没黑就走进毡包，是因为害怕看到夕阳落下。牧场上有牛群了，就让马匹到河边饮水去吧……女儿当兵，改变的其实是我。

还是姑娘大学毕业的前一年，几位接兵团的老战友聚会，说起孩子将来的打算，老兄插了一句话，送部队去嘛！我说你们收吗？答说你舍得吗？我有什么不舍得！轮到姑娘死活不同意。从小军营长大，耳濡目染，谁愿意去遭受那份苦，好说歹说终于说服了。终于，一身并不合体的蓝色作训服伴随着一声激扬的汽笛声，虎门销烟古战场的"水兵摇篮"新训基地多了一个稚嫩的女娃。可想而知，苦在后头。本来新训结束后打算送孩子去海军陆战队，谁知最后一个狠心，让她去了一个更苦的地方——舰队演出队，让一个20岁的大姑娘三个月劈叉到180度，个中艰辛不敢想象。

"我穿上海洋迷彩，走进那原来是男儿的世界。叱咤蓝天碧海，纵横陆地岛礁……"初到部队见到姑娘，着一身短袖迷彩装，象小草的颜色，有绿有黄，英姿飒飒。我对迷彩有一种天然的爱恋，那是树影的摇曳，有暗有光；是四季的变换，有雪有霜；是生命的力量，有铁有钢。当身着军装的懵懂少女走进军营，走进迷彩世界，喊着铿锵的口号，踢着稚嫩的小腿，昂首挺胸，仿佛刚刚扔掉奶瓶，一下子长大成熟了许多，举手投足也添了几分兵的味道。

没有水兵的海疆不是真正的海疆，不向往海疆的水兵不是真正的水兵。这种感觉，只有在成为一名水兵之后，站在东方的海岸线上，才能深切地感受到。岁月悠悠，湮没了多少昔日海关雄姿，使它成为现在海岸的一道风景，又筑起了多少今日海关的威严，让它化作昨日海防的继续。

历朝历代，古今中外，戍边之人，倍受爱戴。多灾多难的中华民族，更是对戍边人情深义重，大爱如海。1946 年 11 月，一位名叫林遵的海军军官带领 4 艘舰艇从广东虎门出发，驶向中国南海茫茫深处。抗战胜利后，这支海军舰队受命完成进驻接收西沙和南沙群岛的历史任务。从那时候起，中国军人勒石西沙、竖碑太平岛，是现代中国第一次对南海诸岛行使主权。作为海军老兵，远航南沙一直是我的心愿。尽管这个夙愿一直未能实现，但从历代驰骋这片蓝色海域的官兵描述里清晰地感觉到，南沙很远，南沙很美。这里有美丽的珊瑚，碧蓝的海水，舰行海上，波澜微惊，飞鱼掠水，鸥鸟绕桅。最终，这个愿望姑娘替我实现了。

记得姑娘第一次远航南沙慰问演出时，当舰艇编队缓缓驶离湛江军港，我的眼睛湿润了。悠悠两千年，纵横五百里，南沙，她们来了，循着唐宋的版图，沿着郑和的航迹，带着祖国亲人的嘱托，把舞台搭在了远离祖国大陆的每一寸礁盘。为此，姑娘接受了三天三夜风浪的洗礼，战胜了晕船呕吐带来的不适，在天水之间的南中国海绽放灿烂的笑容。对她来说，这是一次难忘的航行，也是一次难得的锤炼。

一人参军，全家光荣。全家三口都参军，谁光荣？父辈光荣，祖先光荣！父辈们与大海打了一辈子交道，轮到我们这一代，绝大多数逃离大海远去。第三代，他们只懂得海边嬉戏，追逐浪花，垂涎海鲜，连做梦都没人敢越过岸边那一道浅浅的防鲨网，更别提走向深蓝的一岛链、二岛链。姑娘是第三代中头一个毅然走向深海的，应该也是最后一个。作为女辈，她承继了大海的基因，兑现了对大海的诺言，苍天可鉴，涛声为证，九泉之下的先辈们，你们看见了吗？

走进军营，可以说，就是把自己放进了一个模具，这个模具的边边角角便是各种条令条例的尺度，你必须按照这个模具来重新打磨自己，塑造自己，多余的消除，不足的填充，纯度达不到的，提炼升华……这是一种军人意识的培养，这样的培养，不需要追问究竟，需要的是无条件去做。当兵实际上就是一个改造的过程，按照军人的标准再造一个全新的自我。

也许这些约束，对于几十年前我们那个年代的兵来说算不上什么。然而，对于如今在家习惯了我行我素、随心所欲，甚至是饭来张口、衣来伸手的孩子们，如此纪律的约束，无异于牢狱之灾的困顿。

在这个光怪陆离的世界，没有谁可以将日子过得行云流水，但我始终相信，走过江海烟雨，岁月山河，那些历尽劫数、尝遍百味的人，会更加生动而干净。时间永远是旁观者，所有过程和结果，都需要我们自己担承。成长过程本身就是一部书，今天的剧情，是明朝的伏笔；当下的灌溉，是来日的花开。

浅水映月，厚土无疆，海蓝迷彩，青春无悔。《海西往事》故事中展现的既是一群女兵的成长历程，更是一部绚丽的青春乐章。她有姑娘的影子，也有这个时代的音符。这是一个属于跳跃和动感的快意岁月，这是一个活力四射的青葱岁月，这是一个丰富多彩的斑斓岁月，这是一个纵横海疆、翱翔高天的纯真岁月……谁道女子不能驰骋沙场，手握钢枪的日子天涯为家！每一次绽放都是生命的投入，每一声呐喊都是青春的迸发，她们是新一代的军中之花。

热血儿女献身蓝色军营，铿锵玫瑰绽放祖国南疆。一首岁月的歌，一缸陈酿的酒，打开了，激情无限，芳香四溢……只言片语，道不尽军旅生涯。生命里有了当兵的历史，这辈子、下辈子都不会后悔。

时光荏苒，岁月如梭，这些年渐渐远离了大海，耳旁充斥着无尽的噪声和喧嚣，越发思念那海潮的蠕动、涛声的韵律，关于大海的梦境自然也就多了起来。

每当蓝色的海水缓缓流进梦中，梦逐渐变成蓝色，我又看见了大海，他依然宽广辽阔、波涛汹涌、壮观美丽，仿佛还增添了几分妩媚和慈祥。我还梦见了阳光和沙滩，只是不见了歌中的老船长，他是否安在？海风习习吹来，荡涤着胸中所有的郁闷；海浪不停地翻滚，每当它触及我的双脚，随之迅速退去，生怕惊醒我的美梦；海鸥似乎永远没有烦恼，在海天的交接处欢快地唱着跳着，伴着律动的涛声，勾勒出一幅美妙的景致。我再一次感受到了海的朝气、海的宽厚、海的富饶、海的美丽，感叹它在不停地孕育生命的同时，永远朝觐着生命的虔诚。

当午夜梦回，故乡的船帆早已驶过涨潮的双眼；当海水漫过沧桑的脸庞，打湿的是潮起潮落的旋律，留住的岂止是一季飘散的日子；当沙滩渐远，帆影渐远，那暗涌于心灵深处的涛声，永远清晰如昨。

年过半百，含饴弄孙。四世同堂，夫复何求？一生步履匆匆，半辈涛声拍岸，回望这一行行既清晰又凌乱的足迹，不禁感慨万千。想起早年写过的一首诗：生活就象流水/淙淙从你身边留过/失落了很多/却找回了自己/忽然间懂得了放弃/明白了从头开始/体会到了生命的真正含义/涛声依旧/不知起锚的客船要开往何地……

我的生活人生行将落幕，我的艺术人生却要启航。物质的东西永远替代不了精神，只要心里装着山水，灵魂就是画笔，似像非像之间，现实主义升华，浪漫主义永远漂流。为了迈不开腿的时候不会寂寞，为了撒手人寰的时候留下一点飘香的东西，我决心重操旧业，批图按碟，效异山海，挥毫泼墨，染指翰青……这需要付出比现在更多的艰辛，需要家人弟兄的理解，更需要朋友们的支持和鼓励。

寂寥小雪闲中过，斑驳新霜鬓上加。岂曰流年无奈处，走笔海疆祝苍华。

是为记。

2013 年冬日小雪　草于京西耕海堂

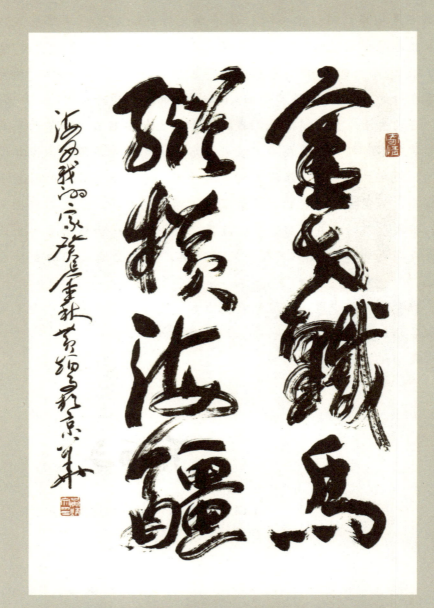

218

黄炳文书法作品　金戈铁马　纵横海疆

黄炳文向毛泽东嫡孙毛新宇将军赠送毛体书法

军中父女　真情致远

——走进炳文老弟父女俩的海西往事

　　我和炳文老弟结缘于精英博客，这是一个网络大家庭，成员千姿百态，各具千秋。在这个大家庭中，"南唐北周"，"东邪西毒"可谓最负盛名。

　　不知是谁赋予了精博这块乐土略显江湖的雅称，同时赋予了那些"功成名遂"的博主略显传奇的名号，但有一点必须说，他们的确德高望重、满腹经纶，个个才艺超群、一呼百应。只要他们的大旗哗啦啦一舞，麾下就会有一竿子人马齐聚帐前，听候指令。在精

博，这等功夫了得之人屈指可数，黄炳文老弟位列其中。

　　炳文老弟祖籍福建海西，与宝岛台湾隔水相望。那片碧海，壮阔了他的胸怀，成就了他志存高远的梦想。17岁那年，他便投笔从戎，军旅生活18年，兵种跨越陆海空，衔至中校，便被谙熟他的朋友们尊称为"三军司令"。

　　三军司令？多么响当当的名号！多么威风八面的称谓！无论谁看到这四个字，都会和执掌千军联系起来，都会和叱咤风云联系起来。但就在众口一词千呼万唤他三军司令之时，偏偏有人于千里之外，用金口玉言一样的口吻大呼小叫着"黄老邪"。炳文老弟听后非但不怪，反而像圣旨一样接受。我不知"东邪"是否来自于他的籍贯方位？还是来自于其祖传的姓氏？但金庸武侠小说《射雕英雄传》"黄老邪"的名号偏偏安在了他的头上。面对"黄老邪"之"雅称"，炳文老弟俏皮一笑，那笑模样儿，不像"黄老邪"，倒像同一部书里的"老顽童"。

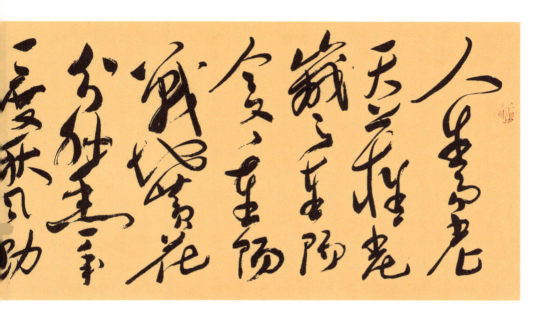

　　无论是"黄老邪"，还是"老顽童"，生活中的炳文老弟，确确实实有那么一股子邪乎劲儿，甚有时，他还会洋相儿百出。

　　记得第一次见他，在新华社大门西侧不远处的一家小酒馆儿。临来，新华社工作的胡继华先生电话说炳文老弟想见我。闻言司令邀请，自然快速乘车前往。路上乱猜，这赫赫有名的毛体书法家、人称"三军司令"的黄炳文老弟一定气韵不凡，帝王相十足。

　　见面、寒暄、握手。礼节中我发现，眼前的炳文老弟，并非我想象中的样子。单说那身板儿，以植物喻之若竹，风吹可以摇曳，就是精英博友们千呼万唤的"三军司令"吗？仔细端详，他那身板儿虽显瘦弱，但长期军旅生涯磨练的内质，却是钢筋铁骨一样结实。尤其是那脑袋瓜子的级别不低，聪明、睿智、高端，装满了才情才艺，头顶上一根根飘落的发丝，分明是远去的岁月，稀疏中闪耀着不老的智慧。智慧头顶下的一双眼睛，嘿！有神！

　　总之，对炳文老弟的第一面印象，感觉他并没有三军司令的八面威

221

风，更没有伟人由内而外的帝王之相。但清瘦的外表，儒雅的气质，让我过目不忘。

品酒交谈中，炳文老弟渐渐彰显出他的爽朗健谈和敏捷的思维，且言辞亦趣亦诙，偶尔又掷地有声，于南腔北调中，让我见证了他的识多见广和随意率性，水一般的外形下，蕴含着火一般的性格。瞧那架势，整个一副逞英雄之相儿。也许他是"三军司令"，有这个谱儿！

交往多了，慢慢了解和接受了老弟的另一面，无论酒席上还是茶桌上，他可以将臭脚丫子放到桌椅之上，可以放到身边朋友的大腿之上，无论年长年少，或男或女。可没人怪他，因为这时候的司令随性得就像个孩子。

炳文老弟的祖辈世代为渔，从小便有蘸着咸涩海水于沙滩"舞文弄墨"的传统，渐渐，一张张宣纸铺展着梦想，一支支毛笔书写着愿景，进而成就了黄家崇尚文化、追求美好的家风，更是生成了他心如大海、激扬文字的志趣。此后无论军旅生涯，还是从政从商，他始终不忘夙愿，仿"二王"、怀素，临启功、舒同，摹刘海粟、沙孟海，直至皈依"毛体"，他孜孜以求，殚精竭虑，终于成就了他的毛体艺术人生。

有人这样评价炳文老弟的书法作品："狂放而不失法度，潇洒而不失真功，险峻而不失庄重。其落墨气度非凡，走笔挥洒江天，乃毛体书法风韵的真实再现"。

我曾看过他的多幅作品，幅幅落笔有神，款款激情澎湃，尤其这幅《采桑子·重阳》，笔道行云流水，出神入化，又力道千钧，气势磅礴。走近观赏，仿佛帝王气扑面而来。难怪毛泽东的嫡孙毛新宇将军、加拿大省督李绍麟先生以及社会各界人士都对他的作品大加赞赏，且爱不释手；难怪媒体报刊杂志纷纷发表他的书法作品；难怪东南亚不同国家以及港澳台不同地区的人士通过不同渠道纷纷向他求字。

我为炳文老弟与他作品名播海内外高兴。但截至目前，我依然未向炳文老弟索过字，因为他的"耕海堂"我还未驻足，"耕海堂"里的作品哪幅墨味儿飘香，哪幅酒味儿浓厚，至今我未可知！

炳文老弟的书法造诣非凡，其实他的文章，更是精彩之至。近年我看了他数十篇散文，文字灵性不失老辣，用词唯美且充满内涵。我亦不知炳文老弟的散文是否为酒后之作，但细品很是醉人，倘若深读，酒力尚可的我，不知会否烂醉成泥。

还有一点令我由衷敬佩，就是他一生都不偏航的主题——父爱！这种爱，无私，神圣！毋庸置疑，"黄老邪"的雅号与他的女儿黄蓉有关，自打出生那天起，他就视若掌上明珠。他有一个愿望，就是让女儿浑身上下闪耀光芒。一则为她的事业，二则为她的幸福。

终于，女承父业，十八岁的姑娘接着投身蓝色军营，苍茫的大海漫无边际，艰苦的训练难以忍受，真难想象老弟为何下得了这般狠心，非让女儿接受这样的磨练？每当他看到穿着海军蓝、迷彩服的女儿，是那样英姿飒爽，但作为父亲，一想到女儿艰苦的排练，内心百感交集。

　　炳文老弟有句话，他说："在我看来，孩子，就是一部伟大的作品，诞生只是完成雏形，想让作品惊座，必须时刻雕琢打磨"。起初，我对老弟的这句话不以为然，但当看到他对女儿一点一滴近乎完美的雕饰时，真为这样一位父亲感动。于是，我见到炳文老弟时总说："黄蓉有你这样一位父亲真是幸运"。

　　老弟而今岁知天命，朋友评价他虽不是政客，亦不是商人，也不是纯粹的文人，但他却有着引以为自豪的艺术与人生。我始终探究着他成功的秘诀，不得要领感知：为艺术，因为几分醉；为爱心，一生十分醒。

　　军中父女，真情致远，幸福无疆！炳文老弟，真汉子是也！

梁振宇

黄炳文书法作品　清水无香

鹭岛激情创业　盈众追梦海西

故事的起点始于海西，创作的念头也生于海西。

记得十年前，老书记还在厦门盈众汽车集团股份有限公司从事战略研究和企业党建工作，在这片海西热土、美丽鹭岛，他与一群二十出头的创业小青年共同拼搏，见证了厦门盈众成长为全国十佳汽车营销集团、福建行业排头兵的激情岁月。今天的厦门盈众，已是拥有近4000名员工、年营业额超百亿、名列中国驰名商标企业、屡获殊荣肯定、追求社会责任的集团。书记常说：一群追求理想的人，坚持"着眼持续发展、打造最美企业"，这不正是中国梦的一部分么？每思及此，他总有一丝欣慰。时过境迁，依然会常常想起当年和书记一同面朝大海、尽享春暖花开的美好时光。那时，他的思绪总在历史的长河中来回，浪涛声中隐隐中似乎有一种声音在呼唤，催人思索，促人奋进：要以怎样一种方式，记录跨越海峡的峥嵘岁月，抒发两代人的光荣梦想。十年彷徨，十年等待，终于等来了这一天。《海西往事》，铭刻着海西人的家国之梦。作为兄弟、战友，只有送上由衷的祝福！并且感恩那段与书记共同战斗的时光。

放下《海西往事》，又将踏上新的征程。期待，又一篇精彩故事。祝福！

寒雨连江

2013年12月5日于厦门

鹏城翰墨飘香　中亚传递价值

海西人，鹏城梦！从特区到特区，春华秋实，十年耕耘，创业情怀激荡商海，胸中笔墨指点江山！

炳文兄弟是我们事业的合作者，也是企业党建和企业文化建设领头人，几十年来，从军、从政、从商，他挥洒自如，如那一手好字。事业之余，他潜心文字、书法、摄影，艺术人生精彩纷呈。集团初创，他提出"百年企业，文化为根"的理念，深入人心。几年来，支部建设、网站创办、报刊发行，活动组织……文化精髓漫渗集团每一个角落，引领着中亚事业蓬勃发展。作为民营企业，我们深知创业难，守业更难。以文化传承思想，传递价值，为集团的发展添砖加瓦，这是每一个中亚人的共同梦想。

人生路漫漫，中亚常相伴。难忘创业奋斗的无数日日夜夜，白天工地起高楼，晚上挑灯讲故事。我与炳文至交多年，儿女同在军营锤炼，对《海西往事》中的军旅故事、青春情怀感同身受。这部由新老两代中亚儿女合著的小说，写出两岸三地几代人的曲折故事和共同心声，于当今文坛独树一帜，其顺利定稿出版必将引起业界轰动。让我们共同期盼《海西往事》闪亮登场，期待中亚的未来更加精彩！

中亚电子城集团董事长　陈桂洪

2013年12月6日于深圳

中亚电子博览中心
CHINAASIA ELECTRONICS TRADING CENTER